O homem que choveu para sempre

Marcelo Maldonado

O homem que choveu para sempre

REFORMATÓRIO

Editor:
Marcelo Nocelli

Revisão:
Mônica Nobre
Natália Souza

Imagem de capa:
El Tres de Mayo, de Francisco de Goya, Museo do Prado.

Design, editoração eletrônica e capa:
Karina Tenório

Dados Internacionais de Catalogação na Publicação (CIP)
Bibliotecária Juliana Farias Motta CRB7/5880

Maldonado, Marcelo, 1974-
O homem que choveu para sempre / Marcelo Maldonado. — São Paulo: Reformatório, 2025.
146 p. 12x19 cm.

ISBN: 978-65-986974-6-4

1. Ficção brasileira. I. Título.
M244h CDD B869.3

Índice para catálogo sistemático:
1. Ficção brasileira

EDITORA NOCELLI LTDA
www.reformatorio.com.br

Para Cinda Gonda e
Ronaldo Lima Lins

O sonho da razão produz monstros.

Francisco de Goya

Falar de alguém é falar de si. Daquilo que é alheamento, o dessemelhante que existe dentro de nós. Porque é do que não conheço que falo. E, quando falo, aflora meu desejo, a raiz latina do *cognoscere*: trazer para perto de si o que está afastado. Por isso digo de ti, que, ausente, não me cabe a não ser com palavras e imagens, e o que consigo reter nos sentidos gastos, erodidos. E de mim, que, aniquilado, procuro restituir-me, a mim mesmo, recorrer às ruínas expostas à visitação dos dias. Mesmo tendo participado de cada uma das fases importantes desses vinte e poucos anos em que seu corpo se expôs às vicissitudes terrestres, às contradições de uma educação entre estoica e condescendente que tanto sua mãe quanto eu, meio que às cegas, tentamos lhe dar, aos sucessos, aos "tente outra vez", aos joelhos ralados, ao primeiro indício de palpitação por conta de um amor, posso dizer agora que muito pouco sei a seu respeito. Eu estava por perto, mas ausente. Hoje é essa falta que me cobra o preço de estar perto, sem que você esteja aqui. Por isso, os anos em que me mantive ocupado em trazer para perto de mim tudo o que julgava afastado, talvez por não me enxergar com a lucidez necessária, agora me impelem a um trabalho arqueológico de investigação para rastrear as justificativas dessa ausência. Vemos tão pouco. Vemos cada vez menos. E a morte, com seu repentino disparate, deixa no ar um vazio com contornos definidos, uma similitude, aquele invisível ser que plasmamos no imaginário, numa região fora de nós. Pense, meu filho: é assim que vivemos, o tempo todo. Num irrevogável *dentro*, imaginando semelhanças por conta de uma ou outra tênue afinidade, de uma pretensa compatibilidade, do que nos é engendrado em raciocínios lógicos e linguísticos, buscando trespassar os parcos limites da consciência. A cada encontro, esculpindo no infinito um outro com a argamassa de nossas sensações mais transitórias. Sozinhos. Por isso esse instinto de sobrevivência, essa resistência que adquirimos. Porque uma solidão assim, tão presente, tanto no sono quanto na vigília, requer a reunião de todas as forças para rompê-la, arrebentar o peito a ver se conseguimos expor o coração e fazer com que, com isso, alguém o segure nas mãos e diga: *eu te conheço.* A morte, à medida que se impõe como o limite último, arrefece uma a uma todas as novas tentativas até que nos restem apenas o escuro e o silêncio. Por ora, é preciso falar. Trazer-te para perto uma vez mais, e mais uma e outra ainda, para que algo de mim se revele pelo tanto que não adivinho de ti. Expor meu coração, ainda que soe clichê, sem o que não haveria tentativa alguma de aproximação pelos sentidos. *O senhor tem filhos, doutor?* Foi a pergunta que fiz ao médico que me examinava. *Um casal*, ele disse. Depois me pediu para tossir, enquanto auscultava os pulmões. Olhou os exames, fez alguns testes, concluiu que o que eu andava sentindo devia-se a um esgotamento prolongado a que me havia submetido. *Um doente imaginário, suponho*, quase lhe disse. Em vez disso, perguntei as idades dos dois. Não me surpreendi quando me respondeu que a moça se preparava para cursar Medicina e que o rapaz era estudante de Direito. Por um natural desdobramento de minha capacidade inventiva, pude visualizá-los partilhando com você dos mesmos corredores da universidade, cruzando-se à saída das aulas, ao longo dos pavilhões repletos de alunos e docentes, vendedores de livros, faixas e cartazes exibindo desde chamadas para eventos a palavras de ordem contra as políticas públicas vigentes. Não posso ser culpado de sentir aquilo que não há, ver o que não houve, ouvir o que não se vê. No entanto, chove e nenhuma chuva cai. Por isso abro o guarda-chuva à entrada do consultório e caminho em rua de sol pleno sob os olhares sombrios dos passantes. Vemos tão pouco. Vemos cada vez menos. Os chineses dizem que é debaixo da lâmpada que a sombra se faz mais densa. E aqui, diante da lâmpada que é a tela do seu *notebook*, enquanto aguardo que inicie mais uma vez sua função, é que me encontro imerso no mais completo breu. É madrugada. Sua mãe dorme. Ou finge. No quarto onde você virou noites estudando, ouvindo música, passando de fases nos joguinhos eletrônicos ou nos bate-papos intermináveis na rede, retomo minhas escavações. Ocupá-lo custou-me enfrentar o sofrimento dela, a dor dardejada em minha direção por uns olhos mudos. Montar meu acampamento aqui pode lhe ter parecido um gesto mesquinho, de um egoísmo quase cruel. Afinal de contas, os quartos dos filhos são domicílio das mães. Sobretudo quando eles já se foram. Mas, veja, um crime foi cometido e há de se preservar a cena para que a perícia colete evidências, levante e teste hipóteses, estabeleça um método coerente de averiguação. Para que emerja uma verdade, qualquer verdade. Para que eu não me sinta outra vez como quando me deparei com as baionetas de Goya na tela da sua área de trabalho. *El 3 de mayo de 1808 en Madrid*. O pelotão composto por sete ou oito soldados inclinados sobre as miras de suas armas, sem que se lhes possa ver os rostos; as pontas das baionetas dirigidas contra cinco homens na linha de alvo, reunidos junto a um monte, em meio aos que já tombaram e àqueles que aguardam a vez; a luz de uma lanterna pousada no solo, que torna toda a ação explícita, violenta demais. Cinco homens. O mais afastado dá de ombros, num pálido arremedo de esquiva, e cobre os olhos com as mãos. Um outro espia por sobre os ombros dos companheiros, em direção aos soldados. Há desconfiança e ódio no olhar que lança aos assassinos — como o que sua mãe me volvia ao dar comigo sentado à sua escrivaninha, remexendo livros e papéis, penso, mas logo me censuro. Há revolta e incredulidade no modo como um outro mantém selado o punho, enquanto arregala os olhos frente à certeza do instante fatal. Entre os cinco, um frade. Escolhe voltar os gestos e a atenção ao homem que jaz à sua frente. Uma última prece, uma extrema unção. Pudesse ele notar com cuidado, encontraria, na testa do morto, marcas de ferimentos. Talvez percebesse, como eu, ao aproximar o rosto daquele outro, sem vida, que mais se assemelham a visões de sonho pintadas no inconsciente. Um cavaleiro sobre sua montaria, a liberdade dos prados, a vitória dos justos. Sou tragado para o cerne dessa personagem que parece dormir, olhos cerrados, boca aberta, retorcida, ainda quente daquilo que, minutos antes, corria nas veias e que, agora, tinge de rubro o chão ao redor. O quinto homem posta-se de joelhos diante do pelotão. Negro. Ergue os braços acima dos ombros, as mãos espalmadas ao vento que só eu sinto soprar naquele monte, mas que, em Goya, tensiona-se como as expressões de horror nos semblantes dos condenados. Nem mesmo a alvura da camisa aberta ao peito ou a discreta marca em forma de chaga na palma da mão direita lhe conferem dignidade na hora do martírio. Está só, entre os seus. Cinco homens. Nada mais pode ser dito a respeito deles. Cinco sentidos rebelados e a ideia de escapar à morte viaja na velocidade das balas que, em questão de um golpe de olho, vão zunir suas lâminas na atmosfera suspensa e lhes atravessar o espanto. Um poema narra o que a tela, imobilizada no momento antes do disparo, não registra: as narinas infladas pelo cheiro cáustico da pólvora, a pétala de sangue que roça o céu da boca e os músculos que cedem, depois de todo e qualquer arrependimento. A tropa se retira, os capacetes e abotoaduras refletindo a luz da lâmpada, sem mostrar sua face um só segundo. E, em minha imaginação, o faz sob uma chuva que principia a cair assim que o último dos homens é demolido. Em pouco tempo tudo será lavado e absorvido pelo solo. A injustiça não se resolve. Ninguém virá enterrar os mortos. Repórteres seguirão os vivos, no compasso da marcha militar, à procura de declarações, detalhes, pormenores. Heródoto e Tucídides estão soterrados por dois mil anos da mesma poeira que insiste em grudar-se aos corpos e nas solas das botas dos soldados, que, já longe, talvez pensem em vinho, mulheres, jogos de cartas. Não há uma testemunha sequer. Em cerca de vinte anos aparecerá, ainda que incipiente, o primeiro registro fotográfico. O cinematógrafo, pouco mais de oito décadas depois. Como poderia Goya ter captado a cena, na vida de suas retinas já fatigadas por 62 anos de contemplações, resta para mim um mistério. Assim como, por certo, jamais venha a atinar com o motivo pelo qual você mandou estampá-la na camisa que vestia, quando o tiro lhe perfurou o abdômen, e que resgatei das mãos de Isa, no hospital, enquanto sua mãe gritava algo que eu nunca pude ouvir, mas que, se pudesse, não compreenderia. Vemos tão pouco. Vemos cada vez menos. Goya viu o que pôde do *3 de mayo de 1808* da janela do sobrado da *Calle de los Reyes*, pois é bem provável que estivesse confinado desde que tropas francesas invadiram Madri, expulsando o rei espanhol e instalando José Bonaparte em seu lugar. Ironia duplicada pelo fato de ele próprio estar trancado em si, pois que já não ouvia ruído algum proveniente do mundo externo desde 1792. Naquele ano, num lance de má sorte, um Goya próspero e já nomeado *pintor de cámara del rey* viu-se acometido por uma síndrome inexplicável que lhe causou paralisia, cegueira e surdez, esta última da qual nunca se recuperou. Um golpe. E tudo à volta adquire uma outra feição, passa a exibir formas e matizes antes despercebidos. Sobre tons mais claros, nódoas indistintas se pronunciam mais e mais à medida que a voz subtraída à natureza também lhe furta a inteligibilidade. Um lapso. Como um buraco de bala numa camisa. Então realeza, títulos, comendas, comissões, etiquetas, cartas de crédito, milícias e credos, tudo o mais é aspirado por essa deformação do espaço-tempo, o colapso gravitacional de um corpo, depois do qual aquilo que era compacto desaparece e dá lugar ao que se chama, na física, de singularidade. O coração de um buraco negro. Onde o tempo se interrompe e o espaço deixa de existir. Refletindo sobre isso e voltando seguidas vezes à reprodução do *3 de mayo*, um dia me dei conta de que o epicentro da singularidade, na tela, recai sobre sua figura mais emblemática: o camponês no meio da composição. Aquele que concentra em si toda carga de horror diante do episódio e, não podendo tolerá-la, toma a única atitude possível: esconde o rosto entre as mãos. Goya não poderia ter ouvido os disparos, assim como aquele homem jamais suportaria tê-los presenciado. No entanto, é como se um cedesse ao outro a faculdade sensorial que lhes falta para serem inteiros. Testemunhas. Tampouco eu pude ver ou ouvir o que quer que tenha se precipitado sobre nós naquela noite. No centro do quadro, sou o homem cego concebido por um Deus surdo a todo apelo de misericórdia, forçado a abrir os olhos apenas após consumada a execução e a assumir para mim a tarefa de recolher os despojos, enterrar os mortos. A singularidade, para Goya, teve efeito semelhante. Na supressão do tempo, na abolição do espaço, entre as ruínas de um corpo, a deformação de que era vítima deslocou o eixo de sua percepção para os dementes, decrépitos, aleijados, mendigos, insanos, famintos, exilados de toda sorte, invisíveis aos códigos legais e às convenções sociais, mas bastante presentes nas cidades, nas esquinas, tabernas, igrejas, em toda parte. Uma legião de mortos insepultos que jazia nas ruas, nos sanatórios, nas masmorras, nos quais Goya reconheceu toda a grande miséria de sua humanidade. De nossa própria condição, enfim. Eu me pergunto: você sabia disso? A que se deve sua escolha? A escuridão em redor me ressurge, tátil. Falei dela para o médico, que, em resposta, reuniu uma legítima, porém intangível complacência nos gestos brandos com que me prescreveu tranquilizantes. Há entre nós, da mesma forma, uma névoa que nos torna indistintos, pensei. É certo que, aos olhos dele, havia ali um sistema em desequilíbrio, lutando para restabelecer as configurações de fábrica, exibindo os sinais inequívocos de uma pane generalizada e, portanto, de origem indetectável. Um potencial perigo para mim mesmo e para o conjunto ordenado à minha volta. Numa instância última, eu havia me tornado uma personagem à margem da perspectiva dominante de uma paisagem qualquer. Um dos amputados de Goya, quem sabe. Uma sombra. Para atenuá-la, ligo a luminária que fica sobre sua mesa de trabalho. Como fantasmas à espreita, saltam às vistas outras dessemelhanças. Seu sorriso explode na reprodução em tamanho aumentado de uma imagem registrada na rampa da Pedra Bonita, minutos antes de você saltar para mais um voo sobre a cidade, quem sabe o primeiro como instrutor credenciado. Luminoso. Iluminado. Com que forças você se sustentava, nesse instante? Prestes a se lançar no vazio, desafiando o rigor das leis da física com uma fé inabalável na frágil engenharia humana. À beira de uma singularidade. Reparo, no pôster pregado à parede, bem acima da cabeceira de sua cama, a camiseta que você usava. Nela, uma espiral cósmica se redemoinha em direção ao próprio centro. Penso nas mensagens subliminares das estampas de roupas. Do armário, mantido impecável como todo o resto, cheirando a organização e amaciante, resgato a malha, revejo de perto a figura. Se me disponho a seguir esse rastilho de pó de estrelas até seu insondável núcleo, o que me seria dado a ver? Realinho o verbo, refaço a questão: o que quero ver? Por enquanto, o que vejo é outra camiseta, pendurada próxima à que, agora, jaz amolecida entre meus dedos. Seu sorriso outra vez me atinge em cheio e chego mesmo a julgar que há algo de indecente na maneira como me permiti cloná-lo dezenas de vezes em três ou quatro tamanhos diferentes para, então, exibi-lo, dividi-lo com tantas outras pessoas que gritavam uma indignação pasteurizada, registrada pelas câmeras de TV e veiculada em horário nobre. Somos o que usamos, usamos o que somos. Naqueles dias, mal podia ser eu mesmo. Imprimia ao verbo pouco peso. Nada podia querer senão acordar. Gritava o que, no oco do diafragma, revolvia-se em vento bravo, endemoninhado como uma galáxia, pronto a explodir e a lançar seus fragmentos espaço afora. Andava de braços dados a seres humanos solidários que, muito em breve, abraçariam outras vítimas, desapareceriam no caos habitual de novas causas. E, mais do que isso, recusava-me a ver o seu rosto porque com ele cobria minha total falta de decoro, uma falha trágica: a de sobreviver a um filho. Se enxergasse naquele dia o que hoje vejo, as ruas da Cinelândia (nas cercanias de onde você encarou suas baionetas) me ressurgiriam retocadas por um negrume envernizado, tratado a água-forte ou água-tinta. As linhas raspadas a buril revelariam os desastres de uma guerra para a qual, até então, não havíamos sido convocados, nós, cidadãos de bem, encapsulados na relativa segurança dos condomínios, mas que supúnhamos próxima por conta das notícias de campanha, dos clarões e dos estampidos, das dores alheias às quais nos insensibilizamos tão rápido, o tempo de um comercial ou de anúncios de conflitos mais distantes. Nos bancos da praça, os garotos de programa; nas escadarias da Câmara, os meninos com fome; por toda parte, as feiticeiras que aguardam o cair da noite para folgar com eles, lascivas, agarrando pelos pés os mais novos, abrindo e fechando-lhes as pernas num movimento de fole, fazendo-os soprar pelo cu. É isso, toda vez que meus pés me carregam de volta para lá: gárgulas me espreitam das fachadas da Biblioteca e, do topo da cúpula cor de esmeralda do Theatro Municipal, em lugar da águia, uma cabeça de trasgo apoiada sobre patas de cabra abre suas monstruosas asas de morcego. Será meu dever olhar para dentro da garganta da besta sem desviar o rosto? Desde que me resolvi a seguir as pistas dessa imensa sombra que você lançou sobre nós, não tenho feito outra coisa. Ainda assim não consigo saber-lhe o que vai nas entranhas sem vomitar o fel que me abastarda, sem recusar o que pode ter raízes em nós, em nossa guerra particular não menos assustadora. Vemos tão pouco. Vemos cada vez menos. No dia em que me deixei filiar a uma associação de familiares de vítimas da violência urbana, assinei um acordo que prolongava os efeitos anestesiantes pós-funeral, missa de sétimo dia e protocolos afins. Ficar sozinho estava fora de questão. Precisava engajar-me, diziam. Para não ser sugado pelo ciclone, era obrigado a falar, prestar depoimentos, dar entrevistas e declarações. Como se lidas num gigantesco *teleprompter*, dos lábios me afloravam frases recolhidas na vasta videoteca de tragédias semelhantes, dia após dia reeditadas e reprisadas pelos noticiários. E, desse jeito, convertidos em cifras, você, eu e sua mãe engrossávamos estatísticas. O curioso, eles não sabiam, é que o lugar mais seguro era para onde me impediam de ir. O olho do furacão. Tal como o coração de um buraco negro, um não espaço de singular calmaria onde, se quisesse, seria até mesmo possível contemplar uma nesga de céu estrelado sem que nele surgissem pequenos demônios alados, súcubos levitantes. Aqui, no seu quarto, reencontrei-me com aquilo que mais temia: nossos estilhaços. Ordenados, à espera de que lhes decifrem as charadas, sem pressa. De tanto olhar para eles, como para uma pintura, descubro dia a dia uma nuance inusitada, um ângulo diferente, uma figura que não havia notado antes. Goya, então, emergiu das sombras para mim na forma de um catálogo de capa dura, de onde *La maja vestida* esticava os lânguidos olhos em minha direção. Tem um quê de Gioconda no modo como suscita uma promessa num quase sorriso, as linhas dos lábios se insinuando num tom de rosa um pouco mais acentuado. Caiu como um artefato incomum, anacrônico, entre os objetos com que dividia lugar: o equipamento de voo livre, embalado com cuidado a um canto, perto da cama; numa mesa baixa, capacete, luvas, mosquetões, um radiotransmissor, um altímetro e a faca de *camping*, embainhada; no chão, ao pé da mesinha, a mochila, as botas de montanha e uma corda enrolada, atada com um nó caprichado. Despertou ainda mais estranheza quando formou, com a camisa e a tela do *notebook*, uma tríade indiscreta. Entre os volumes de sua pequena biblioteca — manuais técnicos, obras sobre fisiologia, anatomia, biologia, biomecânica — aquele Goya impunha presença como um corpo à parte. Belo, a princípio, a julgar pelos *majos* esguios e suas elegantes parceiras. Corpos dispostos às danças, ao flerte, estendidos na relva, uns nos outros recostados à sombra dos guarda-sóis, nos piqueniques da ermida de San Isidro, no dia do padroeiro. Jovens, sadios, corados. Não tinha dificuldade em identificá-los com os que compartilhavam das atividades a que você se lançava: trilhas, caminhadas, escaladas... não desconfiava que, para você, tivessem pouco ou quase nenhum interesse. Bastou correr as páginas do catálogo para notar que seu olhar não se deteve nas tapeçarias, nas cenas campestres, nos retratos da realeza ou nas atraentes *majas* do jovem Goya. Em vez disso, é o Colosso — gigante erguido por sobre as nuvens, espalhando terror no povo que, muito abaixo, na pradaria, empreende uma fuga inútil — que possui a primeira marca a lápis, no canto da reprodução: um rabisco miúdo no formato das letras *m* e *p*, muito unidas. Mais adiante, uma cena de roubo, outra de rapto e violação, os asilos de insanos, os tribunais da Inquisição, os bruxedos... as rubricas sucediam-se tanto quanto Goya mergulhava a fundo em suas visões mais soturnas. E, então, como num *script* até mesmo previsível, porém não menos surpreendente, uma outra peregrinação a San Isidro surge às vistas, com sua horda de maltrapilhos que se aglomeram num só torso sinuoso e torturante, serpenteando pelas colinas áridas até perder-se, ao longe, em sua própria deformidade. Não há como não evocar o caráter goyesco dos retirantes de Portinari, pois que eles próprios, como os romeiros de San Isidro, exibem a perplexidade que os desumaniza, cadáveres ambulantes, as bocas abertas como se cantassem, como se gemessem litanias ou lamentos, numa língua sem carne, sem verbo. Tudo isso está lá, asseguro. E, no entanto, é preciso enxergar com os olhos do outro. Nisso reside nosso imbatível fracasso. No dia em que te segurei pela primeira vez nos braços, mesmo sem ter sequer condições de me lembrar do velho poema, tive a impressão de que seus olhos haviam nascido muito antes, pela maneira como sorviam o espaço ao redor, como sugavam as linhas do rosto de sua mãe, no momento em que ela te acomodou no colo. O primeiro leite feito luz. Receio recair outra vez no lugar-comum, mas o que se há de fazer quando tudo para o que vinha me preparando, até então, significava estar pronto para qualquer coisa, exceto a paternidade? Num horizonte de perspectivas limitadas por um casamento precoce, aquela se apresentava ainda mais prematura. Mesmo assim, foi a que vingou. Confesso que era difícil assimilar você. Você não era o filho esperado e, mesmo pouco afeito a todo tipo de apelo religioso, pensar assim tinha um quê de flagelo que me exasperava. Toda argumentação racional, a de que aquilo que sentia ser a coisa mais natural a um pai de primeira viagem, serviu para que eu tecesse a malha das minhas desculpas, naqueles dias em que o complexo de te saber acarinhado por sua mãe me pesava nos ombros, nos olhos. Você sequer existia e talvez fosse até mais fácil te amar daquele jeito: um esboço recém-rascunhado de uma obra cujo produto final dependeria de retoques intermináveis. Um conceito, um projeto, uma abstração. Mas quem é que, passada a etapa dos sulcos à ponta seca, terá coragem de banhar no mordente a matriz indelével? Por certo foi esse o motivo pelo qual coube à sua mãe cumprir uma incumbência mais severa, enquanto eu me esquivava aos menores imprevistos. Por uma espécie de justa contrapartida, tomou para si o direito à escolha do seu nome. Nisso não estava sozinha. Tinha a seu favor a vontade inquebrantável das mulheres da família, transmitida de geração em geração, como um código hereditário ou uma tradição literária. Herança misturada a devoções, a rezas como as que minha avó dirigia ao santo de Assis para que o parto que te trouxe a este mundo fosse tranquilo e em boa hora. E que se traduziram na boa hora em que você nasceu: no dia dele. Então te batizaram. Aprendi a te chamar Francisco, embora me custasse engolir um certo orgulho ferido por ter sido, no processo, relegado a um plano menor, quase nulo. Muito pior foi ver a desenvoltura e o prazer com que meu pai repetia seu nome, ao suspendê-lo nos braços, para cima e para baixo, provocando em você risadas e gritinhos extasiados. Ao te chamar pelo apelido popular, seu avô movia mais uma pedra no tabuleiro em que disputávamos um ferrenho combate, desde que me havia decidido a não ser como ele. Como quando pendurei, por pura pirraça, a imagem de Che Guevara no altar doméstico, diante do qual minha avó ajoelhava. Ela, em sua inocência, mal se dera conta do logro. Achava que era Jesus Cristo em roupagem moderna, coisa de artistas, e com ele gastava velas e preces. O gesto, porém, enfurecera meu pai. Naquele tempo em que o país se encaminhava para uma abertura, ainda que com base em indecorosas negociatas, nossos embates se tornaram frequentes, cada vez mais exaltados. Um filho militante e com posições políticas adversas? Intolerável. Era preciso, por sua vez, fazer valer o papel a que estava destinado na longa linhagem de homens da família: o de se opor aos demais, confirmando a autoridade com que imaginava guiar os rumos da matilha. Tudo com um rigor teatral impecável, ensaiado à exaustão, que tinha início quando eu me atrasava alguns poucos minutos após a chamada à mesa posta para o jantar. Reprimendas suscitavam réplicas, cujo ciclo ininterrupto de provocações escalava altitudes perigosas. Um dia, como era de se supor, a encenação escapou ao controle. A um comentário mais desafiador ou debochado, nele vi irromper um acesso de cólera transfigurado em ameaça física. Minha avó, que a tudo vigiava com resignada cautela, foi por fim obrigada a agir, interpondo entre nós o corpo mirrado, estancando na fonte o curso da agressão. A violência, todavia, não se detém com facilidade. Isso, até então, eu podia apenas adivinhar através do modo como testava meu pai, como as crianças fazem com os pais, como você mesmo fez algumas vezes comigo: esticando o fio, aumentando ao máximo a tensão, esgarçando fibra por fibra os tecidos que nos revestiam a mesma carne, o mesmo sangue. Há uma violência que nos precede, que rebenta junto conosco ao nascimento e nos acompanha vida afora, à revelia de que dela nos demos ou não conta. Da qual nos esquivamos ou nos aproximamos, a que por vezes recorremos como única estratégia de sobrevivência. *El 3 de mayo* me fala sobre isso. Outros tantos quadros e gravuras de Goya me falam sobre isso. O infante herdeiro do conde de Altamira, morto aos oito anos de idade, retratado enquanto retém uma pega por um barbante, tendo, a um lado, uma gaiola com tentilhões e, a outro, três gatos à espreita do menor sinal de descuido. O mais recuado deles, negro contra um fundo opaco, crava os olhos verdes no pássaro e a semelhança com os demônios e bestas que Goya pintaria não muito depois me provoca certo estremecimento. Mesmo aí, numa aparente cena doméstica, cotidiana, a ameaça subjacente põe termo à menor ilusão de inocência. A violência nos rodeia como as massas de cor com que Goya circunda suas personagens. Sem mais razões. Quando se rompe a barragem, aflui por sobre aquilo que a continha, dando livre curso à sua sede de aniquilamento. Impedido de investir contra mim, seu avô tentou uma vez mais nos atingir quando, ato contínuo, ameaçou quebrar a moldura e rasgar o retrato de Che Guevara. Diante de nova intervenção de minha avó, resolveu desmascarar a farsa e expor a identidade do falso profeta. Sem demonstrar a menor perturbação, ela tomou-lhe da mão a imagem e a recolocou no lugar, dizendo:

Agora, mesmo, é que ele precisa de oração. Vi naquilo um evento extraordinário. Por ora, a represa resistira e, de repente, eu descobria dentro de casa uma aliada da qual jamais havia suspeitado. Embora mantivéssemos nossas posições no *front*, minhas discussões com meu pai tomaram outro rumo, pautadas por um tom mais moderado, até respeitoso, muito em virtude da constatação de uma força mais poderosa entre nós do que de uma genuína tentativa de compreensão mútua. O peso de uma adversária incontestável o obrigava a recuar e a travar comigo, a partir de então, uma guerra de silêncios. E de olhares. Eu podia sentir como algo quase palpável um certo ódio contra tudo o que me dissesse respeito, contra aquilo em que eu acreditava e no que ele não punha a mínima fé. Foi assim quando aderi às atividades acadêmicas, sobretudo políticas, tão logo entrei para a faculdade. Foi assim quando eu e sua mãe nos conhecemos e, ao final da graduação, anunciamos nosso noivado. O que causou curiosidade a quase toda gente nos era apenas o resultado de um processo gradual de reconhecimento para o qual nos encaminhávamos, cada um com sua solidão inalienável. Colegas em duas ou três disciplinas, não tardou para que nos aproximássemos e, entre uma e outra afinidade trocada, estabelecêssemos uma admiração que, no tempo certo, decidimos chamar amor. De amor a compromisso, bastou apenas assimilar a substituição do engajamento revolucionário por aquele outro, no qual se enredava a extensa galeria dos nossos antepassados, consequência natural de um arquétipo que reverberava como um mau presságio oracular. Éramos jovens, tínhamos ainda toda uma carreira por construir. Então, por que casar? À pergunta que nos lançavam os mais íntimos, amigos e familiares, meu pai em primeiro plano, dávamos de ombros. Nada daquilo nos interessava. Quando insistiram, antes que pudesse me deixar contaminar pela retórica conveniente, assumi o projeto de casamento como um ato subversivo. Na reafirmação dos contrários, caminhava a passos largos para o extremo oposto, sem sequer cuidar de cultivar em mim a mesma paixão com que me obstinava a provar por $a + b$ que estavam todos enganados. Depois da festa e dos presentes, a vida cotidiana, enfim, cobrou a fatura de um sentimento que devia estar presente entre nós, mas que de modo algum, assim como quando você nasceu, me habitava. Será que um dia habitou? Minha avó continuou rezando por mais dois ou três anos em frente a Che Guevara, até as vésperas de morrer. Meu pai passou a cuspir suas diatribes com mais propriedade, enquanto, em mim, o insubmisso amotinado amansou sob o peso do dever, ante a carga diária de obrigações. Havia alguém, não um sonho, a ser alimentado. De carne, ossos e olhos famintos que sorviam tudo ao redor. Alguém pelo qual me sentia responsável, sem que isso significasse um igual teor de aliança afetiva. Hoje, descartado todo o fardo da culpa cristã, por sua vez racionalizada, não me é difícil pensar sobre isso, ainda que me considere algo anômalo, fora da curva. Tanto faz, agora: não há retorno, não há verdade. Vemos tão pouco. Vemos cada vez menos. Nunca mais serei jovem como você. E, no entanto, você nunca terá a minha idade, jamais verá um descendente perder a vida diante de uma arma de fogo. Nunca experimentará a indizível fascinação de ser um dos últimos a conhecer a face engajada do filho que se supunha atleta, um tanto alheio à loucura dos tempos e, portanto, feliz com suas escolhas. Calculei a intensidade do choque com que seu avô recebeu o golpe pela repulsa que, no velório, reencontrei nos olhos dele, voltados para mim, acusadores. *Veja no que deu toda sua militância, suas crenças, sua teimosia.* Apesar de tudo, ambos não choramos. Por uma curiosa correspondência entre as leis da eletrostática e as da transmissão genética, comprovamos nossa indissolúvel hereditariedade na maneira como, durante toda aquela noite, nos aproximávamos em turnos alternados do seu corpo. Tão maior era o temor do que encontraríamos no rosto um do outro do que no seu próprio, ali exposto, ilegível. Era sua mãe quem precisava ser consolada, presa de um desespero sem precedentes. Sem juízo. Porém, não havia o que fazer. Mirávamos os demais, tentando reconhecer neles um fragmento de ilusão que nos fizesse crer que tudo aquilo era apenas um sonho ruim, um simulacro. Só assim faria sentido a presença de toda aquela gente não familiar para mim, aqueles rostos juvenis, transtornados, entre os quais só reconheci o de Isa. Também nós nos evitamos. Minha pele era toda feita de arestas que afastavam tudo o que me pudesse ser poroso. Entre mim e o mundo havia um espaço a ser preenchido mais tarde pelas gravuras de Goya, muitas das quais reproduziam os mesmos rostos em decomposição das pessoas na capela. Como ao *3 de mayo*, outras tantas vezes voltei àquela sala onde te velamos como a uma relíquia sacra. Onde Deus não falava por meio algum. Onde me exasperei ao esbarrar em flores demasiadas, a me queimar nas velas à sua volta. As chamas que tornavam o ar irrespirável em certa hora me fizeram ver todas as figuras ali reunidas tremulantes sob um mesmo véu espesso, massa empastada de tinta aplicada de forma grosseira numa tela, como as pinceladas de Goya em suas Pinturas Negras. Alguns esgares se assemelhavam às bocas abertas dos romeiros ou aos semblantes das bruxas do *Aquelarre*. Súbito me dou conta de que, em vez de numa cerimônia fúnebre, talvez estivéssemos reunidos num sabá demoníaco, cultuando cadáveres, mastigando a polpa tenra dos vivos no bruxedo que celebrava a morte. Tenho medo. Sim, confesso, tenho medo. Seria ridículo tentar negá-lo, tanto quanto dissimular minha desorientação sob um verniz piedoso. Por natureza, seria incapaz de apelar aos mesmos ícones que regiam a vida dos contemporâneos de Goya e os afogavam num manancial de ignorância, sem misericórdia. É minha a vez de me identificar com o pintor espanhol, que muito pouco cedeu aos apelos eclesiásticos por encomendas de retábulos sagrados. Um Cristo crucificado, bastante anódino, foi o passaporte de entrada para a Real Academia de Belas-Artes. Goya, ao que parece, serviu-se da figura do Salvador do mesmo modo como faziam os padres: como um instrumento de persuasão e salvo-conduto de idoneidade. Tal qual ele, desconfiei deste Deus que dizem se alojar nas formas da natureza, nas funções vitais dos organismos, na energia que circula em todos os seres e que os mantêm vivos. Dentro de nós. Se isso é verdade, há que se lidar, então, com muitas de suas imperfeições. O caso é que nunca fomos próximos, eu e Ele. Não me lembro sequer de tê-Lo invocado com mais fervor do que num "pelo amor de Deus" dito em tom de crítica ou incredulidade. Minhas aflições aplacaram-se por outras vias, em geral as que me conduziam à resolução, se não pacífica, ao menos conciliatória dos problemas, sem o recurso a misticismos. Quanto à sua mãe, parece ter herdado de minha avó toda a devoção que sempre julguei exagerada. Para meu desespero, transferiu para nossa casa aquele altar macabro, erigido na capela. Construído a partir de um retrato seu, registrado na infância, como se você não tivesse atingido a idade adulta, em nada lembrava o de minha avó em torno da figura de Che Guevara. Talvez, para sua mãe, você jamais tivesse passado de um menino com idade e tamanho suficientes para aninhar-se, ainda, em seu colo, como o filho do conde de Altamira. Com empenho e paciência, consegui demovê-la da intenção de tornar nosso dormitório uma câmara mortuária. Tampouco deixei que instalasse aquela aberração no seu quarto. Concordamos que, aqui, era imprescindível mantê-lo vivo, como se a qualquer momento fosse possível a você entrar e reencontrar tudo como quando saiu de casa, naquela tarde. O altar passou a ocupar um canto no aposento que serve a uma miscelânea de usos: ateliê de costura, armazenagem de aviamentos, depósito de tralhas... é para lá que sua mãe se retira a maior parte do tempo em que se encontra em casa, fora das minhas vistas. Quanto a mim, no seu quarto me escondo e te cultuo à minha maneira. Somos, eu e ela, dois idólatras, sem dúvida, ambos apontados em direções opostas, intencionados bem ou mal em manter uma espécie de fio que nos ate a uma figura mítica, que, assim como Deus, não nos responderá aos apelos de ajuda. Enquanto isso, outros deuses nos cobram depoimentos, como os que prestamos à polícia durante intermináveis sessões. O sigilo das investigações não nos dispensava tratamento distinto, nem mesmo enquanto pais da vítima, e às escuras éramos escoltados entre ruínas, órfãos de ti. O tom cordato e algo compassivo, no início, aos poucos deu lugar a outro, mais incisivo, até mesmo intimidante. Em volta do pescoço, sentíamos os grilhões com que nos conduziam, sem que nos permitissem perceber mais do que um pouco do companheiro que ia à frente. *No saben el camino.* Os desvalidos que marcham em fila, entre colinas, numa paisagem tão árida e desprovida de elementos quanto eles próprios: mendicantes, cegos, prisioneiros? Nada se sabe. Um se assemelha a um frade, outro a um soldado ou mesmo a um nobre decadente, a julgar pelo corte do sobretudo e o formato do chapéu. Outros escondem-se sob capas e capuzes e o que vem à frente parece tatear a vereda adiante com o braço direito esticado e a mão espalmada. Goya me atravessa com sua lâmina, a de número 70 dos *Desastres da Guerra*, e outra vez materializa para mim sentimentos que julgava tão particulares, intransferíveis, nascidos sob os escombros do que um dia havia sido um homem, um pai. Já não sei. Hoje prefiro acreditar na hipótese de não ter chegado a me tornar um ou outro, de não ter passado sequer de um primeiro rascunho, esquemático. Inútil como quando enfrentava as rajadas de perguntas dos inspetores e me feria com lascas de expressões afiadas: "atividades suspeitas", "sublevação popular", "risco para a defesa do Estado". Como se escavadas de um sítio arqueológico, tal como as imagens de Goya, aquelas palavras aguçavam em mim sensações adormecidas, ecos de um outro século. Meu visível estupor obrigou os investigadores a revelar mais do que o permitido, menos ainda do que eu poderia ser capaz de compreender: indícios apontavam para seu envolvimento com ações políticas de grupos nacionalistas. Assimilar a informação me custou esforço considerável, em parte porque fui trancado numa cápsula do tempo e remetido de volta à mesa de jantar, às discussões com meu pai, às reuniões do centro acadêmico para as quais arrastei sua mãe, ambos ainda em início de namoro. Rebobinada e posta para rodar, a película nos mostra entrincheirados, de um lado, atirando pedras no lugar de projéteis, gritando por direitos e liberdades. Cena seguinte — o corte brusco na mesa de edição —, já no apartamento minúsculo, você no colo de sua mãe e eu na luta contra as partes desconexas do berço à espera de montagem. Não importa de que tipo, toda preocupação doutrinária diluiu-se no dia a dia infalível de aulas, contas a pagar, afetos a administrar. Por esse motivo, é bem possível que as razões para essa sua suposta filiação recaiam sobre nossa negligência, na ausência de necessidade (vontade?) de conversar sobre esses assuntos, admito. Trincheiras desfeitas, as ideologias refugiaram-se na academia, onde, intramuros, ensurdeceram, caducaram. Supríamos todo o anseio de engajamento com nossos alunos e voltávamos para casa saciados, outras vezes estéreis. O reencontro, ao fim do dia, nos flagrava ávidos por escapar da rotina, adotando condutas não menos cansativas porque esvaziavam cada tentativa de aproximação. É assim: precipitamo-nos em nós mesmos a partir de dispositivos exteriores que não nos permitem, no entanto, o contato íntimo necessário. Com isso, o apelo por autoconhecimento adquire mais adeptos, cria produtos, gera propagandas, movimenta mercados, impulsiona vendas, concebe manuais. E porque já não posso mais conhecê-lo, preciso de um manual para te ler, meu filho. Para reparar meus pensamentos, palavras, atos e omissões, ainda que não creia no pecado por eles representado. Para não ser tentado a confiar no que dizem de ti, mesmo que me cumulem de fatos, evidências conclusivas e provas testemunhais. Para continuar a vê-lo como aquele Francisco que se dividia entre a universidade, as instruções de voo, as atividades físicas, o estágio em uma ou outra empresa. Tudo encaminhado conforme sua própria vontade, sem que interferíssemos nos seus planos.

Na ausência de um guia, estico os braços e tateio o espaço ao redor em busca de algo que me arranque desta singularidade. Tanto quanto possível, sigo seus rastros entre os objetos que você nos legou. Ainda assim, é pouco. As lacunas são imensas. Ao checar sua caixa de correio eletrônico, constato, frustrado, que nada há com que se possa fundamentar uma hipótese. Navego entre uma avalanche de mensagens comerciais, propagandas de lojas de calçados, compra e venda de material esportivo; perco-me num arquivo numeroso de avisos institucionais, comunicados da faculdade, troca de correspondência com professores e colegas, datas de provas, trabalhos a entregar, prazos a cumprir; multiplicam-se as agendas de competições, os informes dos grupos de escalada, montanhismo e da confederação de voo livre. Nada de boletins, convocações para assembleias ou reuniões, mensagens de cunho político. Tamanha aridez de informações pessoais não justificaria, para alguém da minha geração, uma conta de *e-mail*. Do mesmo modo, não posso recorrer ao seu aparelho celular, furtado durante os confrontos da Cinelândia. Nele talvez residam as explicações que tanto busco. Mediante mandado, a polícia obteve junto à operadora de telefonia acesso aos recados de voz mais recentes. Havia apenas um, deixado por alguém que solicitava confirmação de horário marcado num tatuador, para o dia posterior ao dos acontecimentos na praça. Será que o pavor que você sempre teve de agulhas o permitiria enfrentar uma sessão de tatuagem? Sem me deixar intimidar pelo inusitado, liguei e agendei atendimento. Na manhã seguinte, tão logo entrei no estúdio, o som estridente da rotativa me fez estremecer. Debruçado sobre um balcão, um rapaz mais jovem que você folheava um catálogo, escolhendo aquela que se juntaria às quatro ou cinco figuras visíveis nos braços nus. Um outro, do lado oposto, aguardava com paciência enquanto dispunha diante do primeiro mais dois álbuns. Quando me apresentei como pai de um cliente, a indiferença com que o atendente me devolveu o olhar me pôs a nocaute. Para ele, por certo, aquilo não dizia muita coisa. Por ali deviam passar outros tantos pais preocupados com a saúde ou com o senso estético dos filhos. Mas, quando dei seu nome, a coisa mudou de figura. Pediu licença, desapareceu por uma porta. Não demorou para que o som da máquina cessasse e o rapaz retornasse acompanhado por um homem mais velho, estereótipo universal dos tatuadores: barbudo, metido em *jeans*, camiseta branca e num colete de couro preto. Cabelo já meio grisalho, cortado à escovinha e rente às têmporas, as garras de um bicho (águia, dragão?) surgindo pelo pescoço, vinha retirando as luvas com que até segundos antes trabalhava. Na defensiva, senti, assim que me encarou. Ao pousar sobre o balcão uma foto recente sua, creio ter perdido a noção do quanto disse ou do que contei a respeito do que ali buscava. Lembro-me de que o homem admitiu ter sido procurado pela polícia para falar sobre você e do quanto lamentava não poder ajudar. Depois sumiu loja adentro, voltando com um volumoso fichário nas mãos. De uma das divisórias plásticas, retirou o modelo que você havia pedido para gravar na panturrilha: *Saturno devorando a un hijo*. Não me recordo se agradeci pelas informações, muito menos se me era permitido sair de lá carregando a reprodução de um dos mais perturbadores trabalhos de Goya. O que será que Francisco pensava quando resolveu tatuar aquela obra de um outro Francisco? A casualidade um tanto quanto sinistra de nomes já me havia ocorrido. Um e outro Francisco separados por dois séculos de convulsões históricas, de olhares ininterruptos sobre os homens e seu cotidiano de glórias e fracassos. Tão diferentes entre si que me custava erguer uma ponte entre eles apenas com a força do pensamento, daquilo que pudesse presumir como analogia ou interesse do mais novo pelo mais velho. Na *Quinta del Sordo* — adquirida em 1819 e cujo nome se devia ao antigo dono, por coincidência, também surdo — Goya encheu as paredes com suas Pinturas Negras: *El aquelarre, Las Parcas, La romería de San Isidro, Saturno...* num total de 15 (uma delas se perdeu), nenhuma batizada por ele, o que só veio a ocorrer décadas após sua morte. Aos 73 anos de idade, havia se retirado por vontade própria do burburinho da corte para a solidão de uma casa de dois pavimentos, situada à margem direita do Manzanares, no caminho dos romeiros, em regime quase monástico. Levou cerca de quatro anos para exorcizar todos os seus mais íntimos demônios e aprisioná-los *a secco* no reboco, ao que tudo indica, sem o menor intuito de exibi-los ao público. Uma vez terminado, deu-lhes as costas e partiu em definitivo de Madri. Nunca mais tornou a vê-los. A julgar pelos próprios filhos que perdeu, prematuros, sinto-me inclinado a acreditar que o pintor se enxergava como o canibal monstruoso a destruir, um por um, seus descendentes. Javier, o único sobrevivente entre oito (há quem diga que foram vinte), foi a quem Goya entregou a *Quinta del Sordo* antes de instalar-se em Bordeaux, onde morreria em 1828. *Saturno devorando um filho* me sugere uma metáfora para minha relação com meu pai. Significaria o mesmo para meu filho? Será que Francisco me via dessa maneira? Um ser disforme, de olhos esgazeados, arrancando a dentadas a parte superior de um corpo humano inerte em suas mãos. O Caliban semidesnudo, de pernas flexionadas sobre um fundo rochoso, mastigando as vísceras de sua cria. Pode ser que meu raciocínio esteja induzido a ideias fixas e nada disso tenha qualquer coisa a ver comigo ou com o fato de não ter sido um pai zeloso, participativo. Afinal de contas, a psicanálise apareceu muito depois para interpretar talvez de maneira dramática ou errônea todo esse universo de imagens que já existia. Sim, você não foi o filho esperado. Tampouco imaginava testemunhar seu assassínio. Entre nascimento e morte, houve tempo para que fizesse o que me era possível, sem planejar muito, seguindo um acontecimento após outro, numa roda viva que me apresentava a efemérides já bastante surradas: primeiros passos, primeiro dente caído, primeiro amor. Corro o risco de andar em círculos, de me repetir, pois temo já ter dito algo parecido. Saturno deixou-se tatuar, antes, no pensamento. Depois de tê-lo resgatado à posse do tatuador, guardei-o no catálogo, na mesma página onde a reprodução em cores vivas fazia par idêntico com a réplica em papel vegetal. Ali permaneceu até que, sem inquietação alguma, me vi retornar ao estúdio e solicitar que o gravassem em mim, no mesmo lugar que você havia planejado para si. Vemos tão pouco. Vemos cada vez menos. Se é concebível para um pai devorar uma cria, não sei. Na mitologia, era algo possível. Alguns guerreiros indígenas se alimentavam de seus oponentes como forma de absorver-lhes as forças, de tornarem-se mais capazes para a guerra e para a vitória. Sua força, meu filho, está na qualidade invulgar de resistir a que o devorem. Ainda que meus dentes pudessem penetrar a carne volátil de tua memória, em nada me saciaria a fome que tenho de ti. Por isso me consola representar o ato antropofágico em minha própria carne, numa tentativa ainda mais radical de imprimir-te em mim. *Cognoscere*. Como se, nas sucessivas sessões obrigatórias a que se configure o canibal, me fosse permitido retocar uma parte de minha própria obra, para sempre inacabada. E, então, fatos passados adquirem novos ângulos, nuances, interpretações que os sentidos à época não captaram ou que registraram às pressas para avaliar mais tarde, como rabiscos indecifráveis num bloco de folhas soltas. A inviabilidade do retoque à perfeição produz remendos de outras cores, uma colcha de fuxicos como a que minha avó cosia. Por vezes o efeito surge harmônico, coincidindo com a matéria remendada. É quando nos reconciliamos com nossa própria consciência e podemos seguir em frente, sem que o remorso ou a dúvida nos persigam, implacáveis. No fim das contas, é com meu corpo morto-vivo, retalhado, que tenho de lidar. Neste processo, devorar-te pode ser que seja, enfim, um ato de autoconhecimento, um instinto de sobrevivência sem o que nada mais importa ou faz sentido. E se o faço de maneira racional, é porque a insanidade estampada nos olhos do monstro, enquanto tritura seu rebento, subtraindo-lhe a cabeça, as feições, a inteligência, em mim se converte em operação analítica, em cálculo dedutivo. Goya é quem me orienta nesse trabalho, enquanto põe diante de mim um manual de instruções com as quais porventura possa me ensinar, enfim, como te digerir. Desdobramento natural dessa leitura, passo a apreender a realidade através dos olhos dele. Como penso que ocorreu com Goya, minha mente tende a vasculhar nos objetos concretos imagens criadas no fundo lodoso de si mesma, na sopa original de suas reações químicas, no interior de uma massa que nos é tão pouco acessível quanto aquilo a que chamamos individualidade. E o espaço exterior torna-se, assim, um mero espelho do que nos coloniza. Não há chapas de cobre, buris ou ácido nítrico com que tratar o que se me fixa na consciência, a partir do pouco de que disponho. Em vez disso, meus instrumentos são os clipes que, não sei bem de que jeito, começaram a aparecer para mim via rede, alguns enviados por aqueles que, como eu, buscam respostas privadas em lugares públicos. Vídeos curtos, de 30 segundos a pouco mais de um minuto, captados *in loco*, no âmago do conflito, ressoando os gritos dos participantes. Fruto da inabilidade de cinegrafistas amadores, eles próprios empunhando o mecanismo que talvez lhes registrasse o mergulho no buraco negro do qual jamais emergiriam. Noites a fio diante da tela do computador, repassei trechos de gravações de celulares anônimos na esperança de capturar sua presença, seu corpo ainda vivo e atuante, antes de todo e qualquer colapso. Quantas vezes te tomei por tantos outros que, em meio ao caos, buscavam algum tipo vago de comoção, uma catarse coletiva.

No cerne da conflagração, topo com dezenas de Lumières revisitados. Enquadramentos deficientes não me permitem reconhecer-te em nenhum dos prováveis momentos em que você foi sugado pelo imponderável. Pudera. Por mais que tente reconstituir a cena de todas as formas e ângulos possíveis, é com o seu duplo ativista que me incompatibilizo. São os contornos desse Francisco militante que sou incapaz de gravar na lâmina do discernimento. Por outro lado, não quero com isso recrutá-lo ao pelotão dos alienados de que os tempos atuais são tão prolíficos artífices. É bem possível que, em vez de um retrato, eu esteja esculpindo uma caricatura sua, assim como Goya o fez em inúmeros dos seus *Caprichos*. O temor de ser injusto com este Francisco que me surge estereotipado caminha de mãos dadas com o desejo de decifrá-lo, como às legendas das gravuras de Goya. Como encaixá-lo nesta nova moldura, com as tintas desbotadas da minha velha paleta? Talvez como na *Commedia dell'Arte*, numa *alegoria menandrea*: Polichinelo rapta Colombina aos olhos atônitos de Pantaleão; Arlequim distrai a plateia ao equilibrar nas mãos dois copos de vinho e um terceiro na cabeça; um anão dança à frente de todos, erguendo uma garrafa e um copo. Um ardil dissimula o delito. Os protagonistas da farsa representam-na diante de uma audiência como aquela que se multiplica e se repete aos meus olhos, nos vídeos, reduzida a meras manchas de cor. Não se distinguem rostos, já não são indivíduos. Antes, são a soma de uma vontade comum, anônima e ameaçadora. Você me nega o *cognoscere* porque de mim se ausenta e me reaparece com as roupas de um fantoche, o rosto num ríctus transfigurado, zombeteiro. Penso no quanto você se surpreenderia caso ocorresse o oposto e eu lhe deixasse um diário para ser lido. Já disse que vivemos num irrevogável *dentro* e dele quase nunca saímos. Como, pois, acessar você? Restam-me os vídeos, as estampas das camisetas e as pinturas de Goya, uma das quais agora trago à flor da pele. Vemos tão pouco. Vemos cada vez menos. Transitamos pela vida, circulamos pelo mundo dotados de uma consciência moral, um sentimento de dever que nos impele aos atos meritórios, a comportamentos civilizados. Porém, tudo é circunstancial. Nas ocasiões de risco, toda a experiência serve a um único propósito: o de preservação das funções vitais. A racionalidade, então, ocupa o lugar de um corpo estranho nesta equação porque tenta em vão sistematizar todo o conhecimento herdado ou adquirido, contrapondo-o ao que é instintivo. Os sacrifícios voluntários assomam como o triunfo deste complexo emaranhado de associações em detrimento dos apelos da matéria. A sucumbência do mais fraco, na ordem darwiniana das relações entre os seres. Quando penso nisso, de imediato me vem à memória a figura de Netinho à porta do condomínio ou ainda nos pátios internos, entre os pilotis da garagem, sozinho, balbuciando palavras ininteligíveis para o vazio. Ria, às vezes, quase sempre com o olhar fixo num ponto distante, indistinto, para onde dirigia suas inquietações e delírios, enxergando ali algo tão extraordinário quanto inacessível. Devia ter uns dois anos menos que você. Pelo que me lembro, desde sempre seus pais tinham sido nossos vizinhos e foi natural que entre vocês tenha surgido a típica amizade infantil que reúne dois meninos irrequietos. Da turma que dividia o espaço das áreas comuns do prédio, dedicada a todo tipo de interação social, Netinho era o mais novo. Toda vez que eu os observava imersos no lazer, percebia nas atitudes dos demais garotos uma certa tentativa de preservá-lo dos trotes mais abruptos, dos jogos mais violentos. No entanto, ávido por se integrar na confraria dos mais experientes, Netinho fazia o possível para acompanhar o ritmo das brincadeiras e anular as diferenças. Como recompensa pela dedicação, logo já não restava vestígio de tratamento discriminado em relação a ele. Foi assim também quando vocês alcançaram a idade de ir para as tão sonhadas baladas, ainda que uma simples festa de rua, como daquela vez. Com a promessa de voltar cedo, como é para ser nesta cidade em que os perigos são muitos e a vida por demais frágil, cinco saíram naquela noite. O que não se podia prever era que fossem protagonizar o que preferimos mais tarde classificar como *incidente*. Na madrugada, o telefonema da delegacia confirmou o que o sexto sentido de sua mãe já havia materializado numa premonição: todos envolvidos num caso de agressão, seguida de roubo. Segundo a declaração dos peritos, a vítima, uma adolescente, fora assediada e, em seguida, seviciada, antes de ter o celular tomado, porque havia tirado fotos dos rapazes. Os resultados do exame de corpo de delito apontavam lesões físicas menores e um quadro de trauma emocional. Ao encarregado pela sindicância tratei de expor seus antecedentes familiares, a fim de provar o que me parecia evidente: meu filho não podia estar implicado num episódio tão sórdido. Havia ali, sem sombra de dúvida, um grave engano.

Afinal de contas, eram apenas jovens criados em condomínio, à margem da violência do mundo, jogando seus videogames repletos de tiros que não feriam e de um sangue virtual que não alarmava. Para minha surpresa (e por que não dizer alívio), o delegado afirmava ter esclarecido tudo e identificado o autor da infração. Por fim, fui conduzido a um cubículo onde os encontrei, encolhidos num banco contra a parede, cabisbaixos. Todos, menos Netinho. Tive vontade de te resgatar dali como a um prisioneiro de um campo de concentração. Minha inabilidade em expressar estados sentimentais me permitiu apenas olhá-lo com reprovação, o que fez com que você se retraísse ainda mais. Outros pais começavam a aparecer, dois deles com advogados a tiracolo, e recebiam as mesmas informações. A caminho da saída, quando, depois de assinar formulários e termos de responsabilidade, fomos liberados, lembro-me de ter avistado Netinho numa das salas ao longo de um corredor encardido. Os pais o pressionavam aos berros, com perguntas cada vez mais insistentes sobre o acontecido. Sem esboçar reação, mantinha as mãos postas à frente do peito, fechadas uma na outra, como em prece, enquanto corria o olhar do pai para a mãe e vice-versa. Tinha a aparência de um novilho toureado à exaustão. Na volta para casa, evitei lançar-me contra você com indagações semelhantes. Não era justo agravar o trauma sofrido, repetia para mim mesmo. Tentava me convencer de que tudo não passara de um impulso irrefletido, em que não havia espaço para premeditação. Sua mãe foi quem assumiu a tarefa mais difícil: extrair-lhe o que quer que se assemelhasse à verdade, aquilo que nos certificasse de sua ausência de cumplicidade. Só assim recompus os eventos ao meu modo, com o que me foi possível, como um curta-metragem: cinco rapazes, excitados pelo álcool e pela presença das moças à volta, riem, apontam, flertam, provocam-se. Ao menor sinal de reciprocidade, o impasse. A quem caberá o primeiro passo? Cada um transfere ao próximo as incertezas da ousadia. Sou capaz de sentir a mesma insegurança, o medo absurdo de falhar e me tornar ridículo aos olhos dos companheiros. Desafiam-se. Na berlinda, Netinho toma para si a missão de mostrar-se, mais uma vez, apto a pertencer ao clube. A coragem escorre, morna, do copo de bebida que esvazia, num só gole. Um de vocês lhe dá uma bala de menta para disfarçar o hálito. Depois, empurram-no em direção à menina. Avança. É a imagem da desolação. Por um minuto, sou ele: tenho dezesseis anos, o desacorçoamento se incorpora a mim e ao meu vocabulário pela primeira vez. A uma distância segura, vocês relaxam, não seguram o riso. Um assobia, outro solta um gracejo. Desejam assistir de camarote ao naufrágio. Não consigo me decidir ainda de que lado você está, mas sei que está ali, faz parte da trapaça. A menina pressente o movimento e adota uma postura tensa. Olha para o grupo antes mesmo de lidar com a aproximação. É lá que permaneceu o objeto do seu interesse, imagino. Rindo, entre os demais. Não me surpreenderia se fosse você, por razões que não me cabe enumerar, mas que me soam óbvias. Em vez disso, é Netinho que se chega. Os dois trocam as primeiras frases. Ela mal o encara. Prefere mexer no celular enquanto rechaça as investidas. Ele insiste, posta-se ao seu lado. Entre vocês, a algazarra cede lugar à expectativa. Entre eles, silêncio. Alguma coisa não vai bem e o clima de repente se altera. Netinho viu ou ouviu algo que o desagradou. O que, no começo, era um jogo de sedução toma proporções inquietantes. Ele se agita, o rosto crispa-se, ríspido. Gesticula: qualquer coisa a ver com a tela do aparelho, uma foto, talvez. O riso de vocês, agora, adquire o mesmo travo de aflição. O desconforto aumenta quando Netinho tenta conter pelo braço a menina, que se desvencilha e se afasta. Um segundo antes de partir atrás dela, ele busca contato com um olhar que não pede aprovação. Deste ponto em diante, minha remontagem carece de exatidão. Perco-me em imprecisões, como, por exemplo, o quanto vocês se demoraram a segui-los. Posso vê-los... confusos com aquela reação imprevisível, cochichando entre si, hesitantes entre intervir ou não. Quando resolvem agir, já não podem localizá-los em meio do povo que circula entre os quiosques ou que se espreme perto do palco improvisado. Não sei no que pensar ao certo sobre as circunstâncias em que vocês os encontraram e no que de fato aconteceu. Teria sido numa rua paralela, a salvo de olhares curiosos, mal iluminada e quase deserta sob as lentes da minha câmera. Ela já teria apanhado ou se ferido ao tentar se livrar do assédio. Foi preciso que se lançassem sobre ambos, aos gritos. Ela chama por ajuda. Luzes se acendem nas casas vizinhas, cachorros dão sinal de alerta. É a deixa: vocês correm, arrastando Netinho. Fim da cena. Torno às inconsistências: no âmbito de um vasto sistema de probabilidades, vocês escolhem misturar-se outra vez à multidão que se diverte, indiferente àquele drama particular. O refúgio no anonimato lhes permite recuperar o fôlego, sondar o terreno, reavaliar as decisões tomadas. Aguardam. Ninguém fala, ainda. Aos poucos, as veias pulsam de novo em sintonia com a batida da festa. A bebida, comprada com o ambulante mais próximo, destrava o verbo. A um só tempo se acusam, repreendem Netinho, querem entender os porquês. Só nesse momento é que, nas mãos dele, surge o celular. Mais discussão. Netinho se explica, mostra as prováveis fotos. Então já não há cautela. Vocês se entretêm bisbilhotando o conteúdo do aparelho: conversas, gravações... Sequer percebem o cerco e a abordagem policial. Surpreendidos, você e os outros rapazes não se opõem à voz de prisão. Netinho, porém, reage e tenta escapar. Apanhado, resiste, debate-se, tenta morder os policiais que a custo o contêm. Já na delegacia, no intervalo entre a detenção e o interrogatório, vocês discutem entre si o que fazer. É difícil para mim, ainda hoje, imaginar o teor desta conversa e o contexto em que ocorreu. Houve uma liderança? Como surgiu, de onde partiu a ideia (ordem?) de que o melhor seria se Netinho se apresentasse como responsável pelo roubo, por ter sido de fato e porque era, além do mais, o único menor de idade? Por que teria ele concordado? Será que teve alternativa? Ou acreditava mesmo que, oferecendo-se em lugar dos colegas, escapariam ilesos a qualquer tipo de sanção, após o simples registro de um boletim de ocorrência? Aturdidos, penso que foi então que eu e sua mãe te obrigamos (esse é o termo apropriado) a jurar não ter participado daquele pacto, que tudo havia decorrido da iniciativa (malícia?) dos outros. Ao torná-lo cúmplice dessa narrativa, esperávamos preservar algo impreciso como a integridade familiar e, de certa forma, aliviá-lo de um possível sentimento de culpa. O fracasso do projeto nos aguardava à mesa do café, na manhã seguinte. Com ele, o remorso e o desejo de solidariedade que, a partir desse dia, aproximaram sua mãe da mãe de Netinho. Não demorou muito, fomos procurados pelo pai de um dos demais envolvidos. Ao nos oferecer os serviços de um advogado, envergava uma consternação polida e reconhecia os benefícios de concentrar a defesa nas mãos de um único profissional. Agilizaria o processo, além de prevenir prováveis pequenas divergências nos depoimentos dos meninos. *O senhor compreende, não é mesmo?* Além do mais, não nos preocupássemos quanto aos custos. Fazia não apenas pelo filho, mas pelos que, assim como ele, eram moços de boas famílias e não tinham noção das sérias implicações de uma brincadeira inconsequente. No timbre de voz, o limite demarcado, o desmembramento: Netinho não se enquadrava na categoria. Fato é que seu caso apresentava aspectos particulares, regia-se por outro estatuto e requeria, portanto, atendimento específico, justificava-se, assumindo ares de quem já havia estudado os pormenores da questão. De toda maneira, contava com atenuantes que tornavam sua condição bem menos preocupante. A tudo ouvíamos, calados. Na hora, era imprescindível crer na legitimidade daquelas palavras, do auxílio que nos mitigava o pavor de te saber sob ameaça. Consentimos. No decorrer das semanas seguintes, em que avançavam os trâmites do inquérito, pouco mais foi acrescentado ao que já se conhecia. No fim, enquanto vocês foram dispensados de responder pelo incidente, Netinho foi encaminhado a uma unidade de internação para adolescentes infratores, onde ficou confinado por cerca de nove meses, depois dos quais pariu-se um natimorto. Com horror, recebemos de volta aquele fantoche com cuja anormalidade éramos obrigados a conviver. Entre nós, houve um período em que a comunicação era, para dizer o mínimo, quase telepática. Vagávamos à deriva pela casa, as águas de um mar encrespado batendo nos cascos, borrifando nos rostos uma espuma ácida que nos convertia em imagem e semelhança dos romeiros de San Isidro. Não era possível prever os rumos da embarcação, muito menos se éramos ainda capazes de conduzi-la, apesar da vigilância constante, depois de tamanha turbulência. Durante semanas, meses, a não ser para os compromissos assumidos em relação aos esportes e à faculdade, nos quais passou a se aplicar com mais austeridade, você se fechou em casa, recusava-se a sair do próprio quarto. Sua mãe foi quem despertou (persuadiu?) seu interesse em colaborar com causas sociais, arrecadando alimentos e roupas ou participando de programas de educação esportiva em comunidades. Pouco a pouco seguimos adiante, alinhavando fuxicos, cuidando em remendar nossa colcha diária de convivências e em nos acostumar com Netinho entregue ao seu automatismo. Ao descobrir os loucos de Goya, neles reencontrei traços do rosto de Netinho no vácuo de sua dolorosa ausência, destituído de si próprio. Vejo-o num deles, a mesma posição repetida, sentado a um canto da garagem, no chão, a perna esquerda encolhida sob a direita, as mãos escondidas sob o corpo. *O idiota*. Lápis litográfico sobre papel vergê, em exposição na coleção do Hermitage, em São Petersburgo.

Vemos tão pouco. Vemos cada vez menos. Contaminado pelas imagens de Goya, quero compreender um pouco do seu universo físico, real. Detectar as possíveis origens de suas obsessões. Ofereço-me para seguir seus rastros, a partir dos quais me ponho a executar a função de detetive, com uma tenacidade insuspeita. E, de repente, me assalta outra vez a consciência de que estou lidando com um outro Francisco, duas centenas e meia de anos mais velho. Francisco José de Goya y Lucientes, nascido num lugarejo de Aragão e criado em Saragoça. Em quase tudo diferente do meu Francisco, a não ser num aspecto: a atração por esportes arriscados. Para você, as escaladas e o voo livre; para ele, as caçadas e as touradas. A tauromaquia ocupa um lugar especial na obra de Goya porque deriva de uma paixão, da necessidade de afirmar-se enquanto homem do povo, na genuína expressão de sua pulsação vital. Em última instância, de uma natureza primitiva, representada pela agressividade contra a besta que se debate para manter-se viva diante de seus algozes. Bicho fora de seu *habitat* que, entre feras, não teve outra escolha senão desenvolver seu surpreendente senso de adaptação para sobreviver, em muitos aspectos pode-se traçar um paralelo entre esta alegoria e a própria situação de Goya enquanto pintor da corte. A manifestação da violência, comum a ambos os cenários, é o elo que os encadeia. Na arena, touro e toureiro dela fazem uso para triunfar sobre as condições adversas. O engajamento nas etiquetas palacianas fez com que Goya enxergasse nesse confronto algo além: um bailado no qual o pintor, manejando o suposto domínio da razão sobre a força bruta de seus instintos, investe contra si próprio na figura de outro animal para daí extrair algum tipo de vigor artístico. Tento estabelecer uma analogia com o que você fazia nos céus, enquanto empunhava a barra de sua asa-delta como uma bandarilha colorida diante das nuvens com as quais toureava no azul infinito. A suposta superioridade da engenharia humana contra as forças da natureza. O canto da sereia a que sua mãe e eu resistimos tanto quanto nos foi possível, mas ao qual, esgotadas as tentativas, nos vimos obrigados a ceder. Temo que, através das rezas recitadas como um mantra cíclico, minha avó tenha incutido em você essa obstinação mansa com que acabava por nos persuadir de suas convicções. Ressoa em mim ainda o êxtase de sua voz ao descrever a emoção do primeiro voo, ao esmiuçar em detalhes as etapas de preparação, a atenção a cada item obrigatório das normas de segurança, os procedimentos técnicos antes de realizar o salto... de como me narrou o arrebatamento a que foi conduzido quando ambos, você e seu instrutor, acertaram o ritmo dos passos na corrida pela pista e se deixaram cair no nada. E do quão difícil era concentrar-se nas orientações, quando tudo o que conseguia sentir era a absoluta leveza do corpo solto no espaço. *Você não pode passar pela vida sem ter essa experiência, pai.* Naquele dia, fui me deitar com a frase que você me disse flutuando no céu do pensamento, enquanto me espantava com aquilo que ainda não sabia se era coragem ou inconsequência. Volta e meia, depois disso, a ideia recuperava substância e desaparecia outra vez, como as hordas de pássaros em migração invernal. Dava-me, assim, a vantagem de monitorar a evolução do que julgava que fosse apenas uma fase. A seriedade com que então você encarava todas as etapas do treinamento transparecia na cor da voz que adquiria cada vez mais firmeza, toda vez que me contava sobre os sucessos, as horas de voo certificadas, os progressos de nível. Vi o equipamento iniciante ser substituído por outro, intermediário, e este último se sofisticar ainda mais. Chegou a época de te acompanhar às primeiras competições e de lidar com a angústia de te adivinhar a quilômetros de altura (sim, confesso que às vezes confundia suas asas com as de outros concorrentes), indefeso, entregue aos caprichos dos ventos. Eu me deixava encostar no carro, não raro à beira de uma estrada de terra batida, empoeirada ou lamacenta, e prestava mais atenção ao meu coração acelerado, ele próprio vulnerável à ideia de te ver migrar para outras vastidões. Todas as vezes, porém, era com a imensidão de um sorriso que você retornava, enrolando suas asas desmontadas que acomodávamos no bagageiro, antes de regressarmos ao ninho. Com o tempo, ao me sujeitar ao veneno inoculado à guisa de antídoto, em doses inofensivas, mas graduais, cada vez mais me soava razoável expor-me aos riscos calculados daquele desatino. Não sei até que ponto todo esse meu processo interior transparecia aos seus olhos como um texto por demais inteligível ou se minha predisposição não era mais que a resultante de uma tática sugestiva, aplicada com engenho e paciência. Ainda assim, quando você me ofereceu como presente de aniversário a oportunidade de saltar da Pedra Bonita numa asa-delta, a surpresa me fez jurar que jamais me aventuraria naquilo. Sua mãe foi quem nos salvou do embaraço a que minha recusa intempestiva nos havia atirado. Se se tratava de um salto duplo com um guia experiente, cercado de todos os preparativos e precauções, do que temer? A lógica irrefutável me emudecia, ao passo que a você dava a chance perfeita para explicar no que consistia toda a operação. Levei ainda alguns meses para assimilar a proposta até aceitá-la, não sem reservas. No dia em que subimos a Estrada das Canoas até a plataforma de saltos, ainda perguntei se era possível desistir, lembra? Você apenas me sorriu de volta. Lá em cima, enquanto você desempacotava seu equipamento, fiquei aos cuidados do instrutor. Marinheiro de primeira viagem, se é que se pode empregar a metáfora, passei por um curso básico, para mim bastante complexo, de como me portar ao longo de todo o processo, no qual, como passageiro, era vital que desenvolvesse um comportamento cooperativo. Vestiram-me, ataram-me, ensinaram-me como correr como se nunca houvera feito aquilo antes. Foi quando você reapareceu em seus paramentos e o instrutor, apontando para mim, disse: *Ele está pronto.* Custei um pouco a compreender o que significava aquilo, mas, no segundo após o lampejo, já queria despir a roupa e voltar dali a pé para casa. De maneira nenhuma embarcaríamos sob aquela estrutura delgada para morrermos juntos. O desequilíbrio elétrico que me fazia tremer dos pés à cabeça cessou quando você me pôs a mão em redor do pulso. *Não pensa agora, pai. Vamos.* Fomos. Correr, olhar para frente (e não para baixo), saltar. Lançar-me no vazio tendo você como único nexo de aliança com a vida. Ultrapassar os limites da racionalidade. Foi isso o que nos salvou? Nunca o vento agiu com tanto domínio sobre meu corpo quanto naquele momento em que iniciamos a pequena corrida sobre a rampa e demos impulso, antes de nos arremessarmos montanha abaixo. Já no ar, quando percebi a inevitável queda, foi como se um sopro varresse de dentro de mim todas as imagens. Há algo de mágico no modo como a engenharia de tubos metálicos e cabos e lonas e medidas geométricas calculadas para planar nos conduziu a deslizar na atmosfera, onde nada nos sustentava senão sua própria vontade de mais uma vez vencer o imponderável. Como um filhote dentro do ovo, no estômago de um pássaro gigante, eu era filho do meu filho. Enquanto tudo o que podia sentir era o coração batendo descompassado, como o seu quando o peguei no colo na maternidade, você ali era meu pai e me obrigava a pedir pela primeira vez algo a Deus: que não deixasse nos engolir o abismo para o qual nos precipitávamos. Então, com a economia de linguagem de que só os pintores ou os jovens destemidos são capazes, você desenhou a plenos pulmões uma frase, a única possível, que reverbera ainda aos meus ouvidos: *Eu sou o super-homem!* Foi apenas nesse instante que meus olhos se abriram para o espetáculo do qual faziam parte, não só como espectadores, mas como peças daquele organismo que se integrava nas pontas das asas que nasciam de nós. Ouvi você dizer: *Olha a sua cidade, esse céu, esse verde, essa vida, pai! É a melhor sensação do mundo!* E me senti seguro, me senti em paz. Vemos tão pouco. Vemos cada vez menos. Aquele que um dia te trouxe à luz já não coexiste com este outro de agora e não há como culpar por isso a mera sucessão dos fatos, a erosão cotidiana da pele. Trazemos conosco a semente do lapso que seremos. Cuidamos para que tudo esteja limpo, para que sejam supridas as demandas ininterruptas da sociedade, enquanto o inimigo se forma, se fortalece e prepara uma emboscada. Numa esquina qualquer, nas escadarias da câmara municipal, quando prestamos atenção a um cronograma ou lavamos um copo, ao ouvir a notícia da morte de um filho, eis que nos assalta e saqueia uma parte do que lhe pertence por direito, pois que foi por ele próprio cultivado com desvelo. Até então, procuramos por ele em outros lugares, em especial quando (há uma idade para isso) nos enrolamos em bandeiras e vomitamos panfletos frente a uma barricada. Pouco a pouco, porém, o inimigo se infiltra em nossas fileiras e já não é possível distingui-lo entre os de cá, nos rostos do companheiro, do irmão. Rasga-nos as vestes, viola-nos os ideais, contamina nossos pensares. E, assim, acaba por pernoitar, sereno, dentro de nós. O tiro que nos desperta também nos rouba a oportunidade de passar à prole imediata este aprendizado. As multidões que se insurgiram contra a polícia, no dia em que você se entregou à surdez que te impede de me ouvir recitar esta lição, estenderam-me nas mãos uma bandeira tingida com seu sangue. Uma cena de fuzilamento estampava-se no seu peito enquanto você gritava contra uma indiferença colossal, como um dos romeiros de Goya, na ermida de San Isidro. Quando penso no que me disseram os investigadores sobre seu papel nesta pantomima, experimento uma nova viagem no tempo e me transporto à Espanha do século XVIII: uma monarquia pseudoesclarecida, hesitante entre a cruz e a enciclopédia. À necessidade urgente de se promover uma profunda reforma administrativa, econômica, jurídica e social contrapunham-se os interesses da Igreja, submetidos aos sórdidos critérios do Santo Ofício. Apesar das insistentes pressões conservadoras, foi possível reunir num mesmo gabinete mentes progressistas como a de Gaspar de Jovellanos, de quem Goya se fez amigo e para quem pintou um comovente retrato. Com ele, os ideais iluministas propagaram-se entre aristocratas e intelectuais que, entre outros projetos, visavam à modernização do país, à moderação da interferência da Igreja nas questões de Estado e, sobretudo, ao favorecimento de uma educação calcada nos princípios científicos em detrimento dos religiosos. A Espanha onde se esperava que vingassem tais planos, no entanto, era a mesma em que os camponeses, sitiados pelo mais arraigado atraso, acreditavam em toda sorte de superstições, espíritos malignos ou bruxarias, que Goya soube conceber com maestria. Enquanto, para além das bordas escarpadas dos Pireneus, o continente fervilhava entre revoluções, debates a respeito do que devia ou não devia ser considerado espanhol geravam polarizações acirradas no âmbito sociopolítico nacional. Manipulada pelas opiniões do prelado, cujo objetivo era mantê-la num estado de absoluta ignorância, a população acolhia com desconfiança o estrangeiro e tudo o que dele provinha. O obscurantismo afundava o país numa série de conflitos que culminou com a ocupação das tropas napoleônicas, contra as quais o povo foi obrigado a pegar em armas, não sem antes experimentar uma brutal cisão interna. Se por um lado combatia-se o invasor, por outro os partidários dos valores liberais enfrentavam represálias não menos agressivas. Muito mais em virtude das origens plebeias do que em razão de sua associação com a elite intelectual, Goya talvez tenha sido aquele a quem melhor coube a tarefa de figurar o choque entre as luzes e as sombras, o conhecimento e o fanatismo. Nos *Desastres da Guerra*, reproduziu inúmeras vezes a revolta do populacho contra os próprios conterrâneos. Aqui, um campesino simpatizante dos *ilustrados* sofre uma retaliação e paga com a vida; ali, um grupo aproveita-se da confusão para roubar e estuprar os de sua gente. Por toda parte há saqueadores de cadáveres a lhes espoliar roupas, sapatos, dentes de ouro, num espetáculo de máxima indigência material e moral. Os ajustes de contas, reflexo do que se praticava durante o período mais sombrio da Inquisição, sucediam-se: denúncias falsas, prisões e execuções sem quaisquer provas, a não ser a confissão obtida pela via do suplício. A primeira vez como tragédia e a segunda como farsa, repete-se a História: duzentos anos depois, abolidas inquisições e ditaduras, a anistia a torturados e torturadores reabilitou velhos motes, reavivou a brasa dormida da desforra. Nestes dias formidáveis, por força da exumação de antigos rituais, é preciso confrontar-se com o que já se julgava extinto e resignar-se a servir, a um só tempo, a dois senhores. Será possível? Em sua época, Goya viveu dilema semelhante. Pintor da corte, não se furtava a flertar com ideais liberalistas; devoto, não poupava críticas ao clero. Isso lhe rendeu problemas com o Santo Ofício, que não tardou a tachar como indecentes suas obras. As relações com a realeza, no entanto, garantiram-lhe um salvo-conduto para continuar a pintar o que quisesse. Em desagravo, fez dos padres glutões, devassos, animalizados, preocupados apenas em preservar em suas pregações aquilo de que mais necessitava a Igreja: o rebanho dócil que aceitasse todo o desamparo que lhe impunham as leis da terra e os desígnios dos céus. Sem que disponha de meios para esgrimir-se com eles, eis que minha miséria se depara com dois senhores diante dos quais vacila. A quem deve se inclinar? Vemos tão pouco. Vemos cada vez menos. Revestido com as cores da paleta de Goya, meu cérebro trabalha como uma ilha de edição. Reordena a batalha da Cinelândia em função dos trechos gravados e lhes emenda as pontas soltas. Começa pelo agrupamento da multidão na praça, sob o sol que fulgura na cúpula do Theatro Municipal, abrasando-a. Os manifestantes reúnem-se e, pouco a pouco, o que era passeio, rua, bancas de jornais, monumentos, escadarias, tudo some debaixo de um lençol multicolorido de tecidos, bandeiras, bonés, pontificando aqui e ali carros de som de onde se ouvem discursos exaltados, palavras de ordem. Rostos apreensivos misturam-se a outros cujas expressões mostram otimismo, até mesmo certa alegria, apesar da gravidade das questões em pauta. Bordões entoados em coro sobrepõem-se ao burburinho habitual e, de tempos em tempos, elevam a temperatura dos ânimos. Nos quatro cantos da praça já se nota a concentração de policiais que fecham as possíveis saídas, numa reação que se torna cada vez mais apreensiva quanto mais inflamada é a atitude popular. Não me cabe julgar se há ou não algum tipo de incitação, mas o fato é que os humores se alteram à medida que o sol se põe, como se impregnados da fervura do entardecer carioca. Nenhum enfrentamento se dá antes que a decisão de começar uma marcha pelas ruas do centro seja tomada. A partir daí, como numa partitura executada em perfeita sincronia, as formações policiais tomam lugares estratégicos e tentam regular a cadência dos corpos. A princípio trata-se apenas de uma questão da física, baseada na mecânica dos fluidos, que tendem, ao menor sinal de obstáculo, a forçar sua passagem pelos canais nos quais trafegam. Em número inferior, o destacamento policial já não consegue conter o público sem que se prevaleça da força de que dispõe, materializada nos *sprays* de pimenta, nas bombas de efeito moral, nas balas de borracha, nas patas dos cavalos que avançam por sobre as pessoas em linha. Em questão de microssegundos, Goya me guia até você. Sim, é você. Não pode ser outro. Sei disso porque tremulou diante de mim, numa fração infinitesimal de tempo, um borrão que reconheci como *El 3 de mayo* estampado num corpo que, entre tantos outros quase idênticos, destacava-se em meio ao fundo compacto e amarelento da composição. É quase impossível te reconhecer em *slow motion* por conta da precariedade dos registros. Tento reaver seu rosto na imagem pausada, sem sucesso. Uma bandagem preta deixa a descoberto apenas o topo da cabeça e uma faixa ao largo dos olhos, exígua o bastante para camuflá-los. Contra as luzes mortiças dos postes da Cinelândia, seus cabelos anoitecem. Sua figura fortalecida pelos voos de asa-delta, trilhas e escaladas me surge franzina diante da legião que te envolve e o engole como um buraco negro. Num piscar de olhos, você se extravia. Perdi a conta de quantas vezes repassei esse filmete. De tanto revê-lo, sonho por vezes que faço parte dele, que posso agarrar-te pelos braços e afastá-lo da possibilidade do disparo. Cheguei a me convencer de que, na verdade, não é você. Os olhos e a mente nos pregam peças, nos condicionam a ver em todas as coisas aquilo que há dentro de nós. A imagem do nosso desejo circula envolta nas fantasias que nela vestimos com a imaginação. Então, já não mais estamos na esplanada da Cinelândia, mas, sim, na *Puerta del Sol*, em 1808, em meio aos confrontos antecedentes à noite dos fuzilamentos. Reinicio o filme. Os amotinados são os próprios madrilenhos, munidos de bastões, achas, cabos de enxada, pedras, *navajas*, *cuchillos* e *puñales*. Surgem das casas, das tascas, de todas as vielas estreitas da cidade. Tomam de assalto os temidos lanceiros do exército francês e a não menos terrível milícia de mercenários egípcios, que brandem cimitarras por sobre suas cabeças. Enfrentam-se em combate aberto. A dimensão da brutalidade da cena explode no tom sanguíneo das vestes de um mameluco que tomba da montaria, depois de haver sido apunhalado por um rebelde. A despeito das evidências de um corpo já sem vida, vergado para trás sobre o lombo do animal, numa posição inverossímil, nada impedirá o algoz de lhe desferir mais um golpe, para o qual já se prepara, os olhos estáticos. Goya nos diz: não há limites para a violência. No dia em que os vi no Museu do Prado, *El 3* e seu irmão gêmeo, *El 2 de mayo*, face a face em sua confrontação muda, cada qual entrincheirado em paredes opostas, separados pela barricada feita de uma gente pacífica, incapaz de lhes reproduzir a selvageria encenada, fiquei assombrado com a afinidade entre as cores de Goya e as captadas pelas câmeras dos celulares da Cinelândia. Tons de sépia, vermelhos, brancos e raros azuis. Mais nada. No mais, perspectivas, contornos, movimentos, espasmos, tudo se dá entre planos que avançam e recuam, relevos e vazios iluminados ou não pela interpenetração dessas cores. Sacrifícios. Volto ao vídeo. Quando a cavalaria investe sobre a multidão, é para dentro do quadro que me remete. Estudantes e *majos* se equivalem. Contra a montaria de um policial, um rapaz aponta o cabo de uma bandeira. O mesmo animal, nas tintas de Goya, recebe uma estocada de um integrante do populacho em fúria. É quando os corpos se debatem nas contorções da rinha que vislumbro sua camiseta no meio da multidão. Já não é você, estou quase certo. Não consigo ainda atinar com o erro no jogo dos sete, mas há qualquer coisa nos movimentos deste duplo que não reconheço em ti. No entanto, assim como com as mensagens subliminares das estampas de roupas, posso ter lido de forma truncada os símbolos. Na urgência das circunstâncias, talvez aquela postura furtiva fosse a única resposta possível ao risco iminente. Mas o que dizer dos cabelos castanhos, quase pretos, que contrastam com a cor pálida dos seus? Congelo a imagem, amplio o *frame*. Aquele que se mantém indecifrável sob um *keffiyeh*, à maneira dos mamelucos de Goya, não é você. A certeza nasce do choque em reconhecer o próprio *2 de mayo* infiltrado no interior do quadro, nas imagens captadas, como uma tela dentro de outra tela, num efeito de *loop* infinito. Lá está, no peito de um estranho ao mesmo tempo familiar e quase íntimo. A resposta, acompanhada de outras tantas perguntas, me chega por vias oficiais, na voz do advogado em contato com os responsáveis pelo inquérito. Revelada pelos agentes de polícia, a identidade do rapaz me interessou menos do que o apelido com que se apresenta nas redes sociais: Martim-pescador. Marca de fantasia, persona concebida para pisar o palco do mundo, real ou virtual. Polichinelo, Arlequim... Goya apreciaria esse codinome, como de fato prezava o teatro e sua capacidade de exibir por trás de disfarces a verdade dos seres humanos. *El mundo es una máscara: el rostro, el traje y la voz, todo es fingido; todos quieren aparentar lo que no son, todos se engañan y nadie se conoce.* A lâmina de número 6 dos *Caprichos* faz coro com muitas outras da mesma série, em que homens e mulheres, jovens ou decrépitos, oriundos da mais alta nobreza, representantes da lei ou da espada, membros das ordens religiosas ou pertencentes à escória da sociedade, todos se travestem para desempenhar seus papéis na grande tragicomédia humana. Animalizados, sábios e doutores exercem seus ofícios sob a carapaça de mulas; transformados em corujas, homens se deixam depenar por prostitutas; papagaios oradores palestram diante de uma audiência de imbecis. Martim-pescador se faz acompanhar da imagem do pássaro que lhe dá nome. O perfil, bloqueado à visualização geral, exibe desenhos, aquarelas, obras em curso. Em apenas uma delas se entrevê o elemento humano na figura de um rapaz moreno, mediano na estatura, cabelos castanhos encaracolados e caídos rente aos ombros, debruçado sobre uma prancheta, concentrado no acabamento de uma gravura. Talvez até mesmo encare a atividade como profissão. Meus critérios artísticos não me autorizam a classificar sua produção sob qualquer tipo de juízo crítico. O que vejo me aborrece, mais do que me inquieta. Alguns ensaios à maneira de Goya tentam reproduzir as asperezas de suas personagens. Cada esboço, cada desenho recebe uma assinatura no canto da reprodução, que consiste numa pequena marca em forma de duas letras muito juntas: *m* e *p*. De imediato, um outro mistério se elucida: pertence a Martim o catálogo encontrado como uma incongruência no quarto de Francisco, aqui onde agora me encontro, a reunir evidências deste caso insólito. Não posso impedir certo arrepio que me percorre. Com um pouco de imaginação e boa vontade, consigo sem esforço vestir-lhe um colete de couro marrom, debruado com uma faixa rubra à lapela e à cintura, e lhe pôr na cabeça um chapéu de abas curtas, de onde despontam velas acesas. De paleta e pincel nas mãos, tenho diante de mim

Goya, em autorretrato executado pouco antes de seu próprio mergulho no vazio. Súbito, é como se eu mesmo me despenhasse outra vez da Pedra Bonita, agora para me espedaçar nas encostas escarpadas da montanha. As imagens se desvanecem e resta apenas *El 2 de mayo*, nítido, estampado numa camiseta, iluminado pelas chamas das velas que ardiam na capela onde sufocávamos, em vigília. Sim, é lá que vou reencontrar o protagonista daquele *frame* desfocado, dessa vez sem máscara. Os registros das câmeras dos noticiários recuperam os rostos dos que se despediam de você e repetiam os bordões entoados na noite fatídica. Minhas impressões se confirmam: Martim-pescador mostra-se, nos poucos segundos em que as lentes das emissoras de TV logram captá-lo. Posta-se junto aos seus amigos de faculdade, a poucos passos de mim e de sua mãe. Procuro resgatar o que possa ter se dado naquele instante em especial, do qual eu mesmo, por uma simples questão de preservação, já não desejo guardar quase nada. Será que sequer nos falamos? Em algum lugar, no tecido franzido da memória talvez, teriam sido capazes minhas retinas de decalcar a fisionomia daquele jovem que se movia em meu campo visual com intenções de pêsames, portando no próprio corpo a reprodução de uma carnificina? Vemos tão pouco. Vemos cada vez menos. Mais uma vez tendo fracassado em mirar pelos olhos de outrem, defronto-me com um olhar que não é o seu, meu filho, mas o de alguém cuja incorpórea presença se constitui das pistas quase despercebidas que espalha à sua passagem. Nada nos perfis de vocês me permite saber se eram ou não colegas de faculdade. Tampouco encontro vestígios da tez morena de Martim nas fotos dos grupos de escalada, entre os praticantes de trilhas ou como um dos seus companheiros de voo livre. Os quadros gêmeos de Goya são o único elemento de que disponho para uni-los numa cadeia congruente de relações que não a de uma simples coincidência. Não é preciso ir muito longe para acreditar que não há nada de fortuito no fato de vocês terem escolhido duas pinturas tão significativas e interligadas como estampas das camisetas que ostentavam numa manifestação de viés político. As mensagens subliminares tomam outro formato, passam agora à esfera linguística, ao domínio genesíaco dos nomes, dos quais nos valemos para rotular coisas, pessoas, o que ainda sequer existe. *Martín meu, com tuas cartas me regozijo, pois, se não tivesse a encomenda do quadro, me arrebataria ir-me contigo pelo tanto que és do meu gosto e do meu gênio, que outro não seria possível encontrar; e creia que minha vida seria aquela em que pudéssemos estar juntos e caçar e chocolatear (...) em sã consciência e em sua companhia [que] me pareceria a maior felicidade do mundo.* Assim escreve Goya, em outubro de 1781, a um amigo de infância, Martín Zapater, próspero comerciante e dono de terras aragonês. Somada ao assombro que me causaram os originais de *El 2* e *El 3 de mayo*, a descoberta da existência de Zapater talvez tenha gerado em mim a mesma eletricidade de me saber prestes a resvalar da falésia da Pedra Bonita. A letra manuscrita de Goya, com seus *m* e *p* à semelhança dos que encontrei nas rubricas do catálogo, delineia as fronteiras de um vulto que de pronto me surge tal qual seu homônimo, dois séculos mais jovem, encoberto por um véu, um *keffiyeh*. Eu mesmo já não posso evitar o fenômeno de ter-me feito obscuro para os que convivem comigo. Ter partido para a Espanha sem avisar, desembarcado em Madri e seguido direto para o Museu do Prado, sem ao menos passar pelo hotel, pode ter sido uma resposta à indignação de sua mãe, quando percebeu o Saturno encravado em minha pele. No mistério que me tornei para ela, talvez não haja lugar para um outro.

No entanto, somos todos outros. Também ela. Diante da morte, real ou numa tela representada, é inútil soterrar velhas crenças, antigos hábitos, os cacos quebrados de nossas louças finas, as molduras destruídas dos velhos retratos. Mais dia, menos dia vêm à tona, entre os destroços escavados, camisetas perfuradas à bala, fragmentos de vídeos, cartas como as que alguém cisma em guardar atadas com fitas e cujos herdeiros, muito tempo depois, decidem vender por alguns trocados ou doar a um museu. Na loja do Prado, pude adquiri-las reunidas em livro. À saída, rente a uma escadaria, sobraçando uma cartola, *de mal humor y gesto satírico* (como ele próprio se descreveu na primeira gravura dos *Caprichos*), Goya me volta o rosto carrancudo do alto de um pedestal. Calcadas sob os pés do criador, surgem incrustadas no mármore as criaturas: enganchado sobre o dorso de um felino de presas à mostra, o demônio de asas escancaradas sopra em direção às suas vítimas algo num som sibilante que as atordoa e ensurdece; um diabrete se entretém a cortar as pontiagudas unhas dos pés de um comparsa, sob a supervisão diligente de um terceiro. Mais abaixo, na base do monumento, insensível a toda bulha e às inquietações do pintor, a *Maja desnuda* recosta-se em seu travesseiro, num langor idêntico ou talvez um pouco mais ressaltado do que o da versão bem trajada e composta. Bronze sobre pedra. Procuro um recanto dos jardins do palácio, onde me deixo ficar por alguns minutos ao sol, num banco, de olhos cerrados. Por trás das pálpebras, há revoluções semivivas. Há um Goya para cada um dos meus sentidos, ele próprio tendo se transubstanciado em outros ao longo da vida. Há um Goya bastante convencional, das cenas galantes, dos divertimentos coletivos, das touradas, dos para-sóis e piqueniques ao ar livre; há um Goya retratista, um tanto obsequioso, porém não ao ponto de deformar a realidade em favor dos modelos; há um Goya crítico dos costumes, da impostura das etiquetas; há um Goya em que o emprego distorcido da razão conduz às profundidades abissais da psique humana. Há um Goya que, muito antes das asas-deltas e dos parapentes, executou seus voos a bordo de asas de morcegos, sobre os espinhaços de velhas feiticeiras, alçado por jovens bruxas que lhe sugavam a seiva, cavalgando o próprio diabo ou, abolidas todas as convenções pictóricas da representação espacial, apenas flutuando a superfície em branco do quadro. Todos eles se mesclam, contradizem-se, complementam-se dentro de mim.

Esfíngico, o Saturno que acabo de ver, no imenso salão oval que abriga as Pinturas Negras, devora-me sem piedade. Penso no quanto de Goya está adulterado pela deterioração dos pigmentos, pela corrosão do tempo, pelas mutilações sofridas no processo de transposição das obras do reboco para as telas. Pelas edições como a que sofreu o Caliban, com a finalidade de preservação das normas de decência que regiam os costumes, e que, por inferência lógica, deveriam ser aplicadas também às obras de arte. Fotografado ainda nas paredes da *Quinta del Sordo*, por volta de 1874, Saturno chamava a atenção não apenas pelo caráter antropofágico, mas por revelar um detalhe anatômico capaz de constranger seus observadores: entre as pernas arqueadas, um falo semi-intumescido. Considerando o êxtase com que fita para adiante algo que não pode compartilhar com os espectadores, enquanto mastiga sua vítima, não é de se admirar que o ato lhe cause prazer sexual. *Flash* instantâneo, outra figura se sobrepõe à do canibal, uma que julgava asfixiada sob os vernizes embaciados da lembrança, à prova de restauro: Netinho, sentado no chão da garagem, ocultado por uma pilastra, olhos fixos como Saturno e, como tal, exibindo sob a malha puída do *short* uma inconfundível ereção.

Escancaro as vistas, desajusto o diafragma e a objetiva sofre com a violência do sol que a preenche de luz. Lúcido, estou louco. Cego, estou são. E só. Como o cachorro por entre as curvas de uma colina inóspita, do qual se veem apenas a cabeça e uma parte do dorso. O focinho levantado para o céu, fareja algo. Talvez aguarde o retorno do dono, de um lugar impreciso, acima de onde se encontra, numa atitude perscrutadora, ansiosa. As fotografias antigas da *Quinta del Sordo* denunciam que este quadro enfrentou a amputação de dois pássaros para os quais convergia a atenção do cão. Também eu, por força das contingências, observo pássaros. Ato reflexo, tateio o livro depositado sobre o colo. Martim-pescador me atrai agora a atenção para este outro Martín, que, por sua vez, desvela-me um outro Goya, para além dos cinco sentidos. *Querido Martín... muito me estimam tuas cartas, pois creio que nada me preenche mais; e por isso te digo que, por mais que sintas minha falta, [isso] não chega ao grande desejo que tenho de ver-te e de que vivamos juntos.* No instante em que dois pardais se entrelaçam em jogos alados, à procura de uma fonte em que pousam, lado a lado, os jardins do Prado readquirem forma aos meus olhos. Abro o livro, salto a introdução (erro crasso, do qual mais tarde me apercebo), chego à correspondência: *a Dios que tengo tantas ganas de berte que he de hacer algun desatino.* O espanhol coloquial de Goya, repleto de gírias e códigos, a grafia peculiar de certas palavras e minha limitada compreensão idiomática oferecem resistência a que eu penetre este universo particular. Na clausura do quarto de hotel, refaço o caminho do começo, sem enveredar por atalhos. De certa maneira, o Goya que se autorretrata nas páginas, de tão prosaico, me causa decepção. Quase nunca fala sobre pintura, a não ser para dar conta (o que faz com grande entusiasmo) das promoções de cargo e consequente aumento de vencimentos junto à Fábrica de Tapeçaria Régia e, mais tarde, à família real. Na proporção que galga postos cada vez mais influentes, queixa-se ao amigo de que já não mais se permite ir a locais onde possa ouvir seguidilhas e privar da companhia de gente mais humilde, sem que isso lhe custe conservar certa dignidade adquirida a partir de suas relações com a nobreza. Reclama do volume crescente de trabalho, das encomendas e da falta de oportunidade para desfrutar das coisas que mais aprecia: caçadas, touradas, chocolates. *Caça e chocolate cozidos juntos: eis a boa mistura*, atesta. Além disso, preocupa-se sem cessar em gerir ganhos e bens com inteligência, cuidando dos seus interesses e de seus congêneres. Para tal, aconselha-se com o amigo, a quem pede sugestões de investimentos para o que consegue acumular em honorários e comissões. É nos momentos de maior intimidade com Zapater que Goya se permite ousar na escolha das expressões e na construção de metáforas, o que me faz vislumbrar o pintor por trás das palavras. *Bom era teu quartinho com roscas de chocolate, mas sem liberdade e não a salvo de vários insetos com instrumentos mortificantes de anzóis e navalhas, que, uma vez por descuido e outra por querer, [nos] levantam a carne e os cabelos; e não apenas arranham e brigam, mas mordem e cospem, picam e perfuram; destes se alimentam outros, mais gordos, piores, que para eles não se descobriu outro preventivo que não a terra, [e] não porque aos mortos [tudo] se perdoe.* Enigmático, cifrado, pouco afeito a entregar de bandeja o sentido das imagens inventadas, todo aqui está Goya em sentenças como as que dão título às suas gravuras. Francisco e Martín se correspondem por cerca de duas décadas e meia, a julgar pelo inventário de pouco mais de 140 cartas, conservadas em suas versões integrais e incompletas. Durante esse período, Goya passa de jovem e promissor artesão a 1º pintor de câmara do rei e alcança o posto de diretor da Real Academia de Belas-Artes de San Fernando. Frequenta as altas esferas sociais da corte, trava amizade com literatos, historiadores, intelectuais com os quais estabelece um consórcio que surtirá efeito nos *Caprichos*, publicados em 1799. Datam da mesma época as últimas mensagens enviadas ao amigo, que morreria quatro anos depois. Solteiro, sem filhos, Zapater deixou seu espólio aos cuidados de um sobrinho. Apenas duas cartas suas para Goya sobreviveram. Para não comprometer a memória do pai, talvez Javier tenha preferido destruir as respostas e, assim, calar a voz de Martín, como a homologar o pacto firmado pelo pintor: *tu y yo somos uno; nos callaremos lo que aya que callar.* Ao subscrever-se, no rodapé, Goya sela em definitivo a união: *Martín y Paco.* Terá sido semelhante o teor de amizade entre vocês? Martim-pescador e Francisco. Mudam-se os tempos, mas... e os afetos? Volto a vasculhar com frenesi um tanto exagerado suas correspondências. Não as de papel, que já não mais existem há muito, mas as virtuais, trocadas através da Internet e armazenadas em nuvem. Anseio por ouvir sua voz, não aquela dirigida a mim nas conversas diárias, mas a com que você confabulava com Martim na intimidade. Contudo, nada encontro que se compare com os escritos de Goya a Zapater. Não há senão resíduos rastreáveis em um ou outro mútuo comentário postado em fotos publicadas, aqui e ali, nos perfis das redes sociais. O tom é sempre brincalhão, repleto de ideogramas telegráficos, sorridentes ou gargalhantes, manifestações de uma juventude esfuziante, beirando a meninice colegial. Curtidas e *likes* aos borbotões. *Memes*, GIFs e *hashtags* relativos a esportes, séries de TV, personagens de animação, toda uma subcultura que me rodeia e me isola, que permanece estranha ao meu entendimento e à qual não me deixo permear. Em meio a tudo isso, enfim me deparo com alguns elogios de Francisco às poucas obras artísticas publicadas por Martim em seu fluxo de notícias. Quero crer que seja insensato de minha parte conceber juízos como os que especialistas condenam nas análises a respeito das cartas entre os dois amigos espanhóis. Acontece que, mesmo extraídas de seu contexto original e lidas duzentos anos depois, as frases de Goya adquirem determinada feição que não me permite pensar em outra coisa senão apego sentimental, sexual até, embora resista a enveredar por esse campo. Você sabe, nunca houve cobrança em relação a qualquer tipo de iniciação nesse sentido. Fosse qual fosse sua manifestação de afeto, ocupava lugar irrelevante face ao desassossego de vê-lo arriscar a vida, suspenso no ar, equilibrando-se no fio invisível de uma improbabilidade. Você tampouco me forneceu sinais que me orientassem o olhar nessa direção. Seu comportamento em nada fora dos padrões, o gosto pelos esportes, a companhia constante de Isa, tudo concorreu para reforçar estereótipos, assegurar a tácita sucessão dos valores infundidos pela educação conservadora que recebi de seu avô. Não é tão simples cobrar atitudes ajustadas ao nosso tempo, cujo compasso vertiginoso choca-se contra velhos mandamentos. Há um outro dentro de nós que luta de forma renhida contra o novo e repete hábitos assimilados como que por herança genética. Há um outro que reconhece a validade de quase todas as reivindicações justapostas à mesa nos últimos 20 ou 30 anos, mas que prefere vê-las da porta para fora, das janelas de casa ou de um computador. Somos os mesmos resignados de sempre, ansiosos para que nos deixem em paz em nossas salas de estar, em frente ao noticiário que teima em nos açoitar com suas meias verdades, sequiosos por um intervalo para aproveitar a mais nova invenção tecnológica, o aplicativo da moda, a empolgante série no canal por assinatura. Transferimos nossos afetos para o imaginário universo virtual de nossos desejos, traduzido por milhares de *pixels*, moldado com a massa mais indiscernível dos algoritmos que nos definem. Digo-lhe com sinceridade, uma vez que já não posso mais olhar nos seus olhos, que não sou capaz de apreender-te nos *pixels* ou pinceladas que herdei de ti. Se te rotulo como homossexual, espero que este vocábulo me traga algum tipo de sentimento, raiva, talvez uma certa compreensão do seu papel ou lugar neste tríptico. Porém nada disso acontece. Você permanece para mim como uma incógnita viva, cujo valor indeterminado aponta para um sistema de impossível resolução. Qualquer que tenha sido a tônica do relacionamento entre você e Martim, é apenas através de Goya que posso estabelecer um paralelo: *El 2 de mayo*, *El 3 de mayo*, *Saturno devorando um filho*, *Os Caprichos*, *Os Desastres da Guerra*, as cartas... eis meus pontos de apoio, meus repositórios de imagens e sentenças, minhas referências. Vemos tão pouco. Vemos cada vez menos. Desde que descobri o significado das marcas no catálogo, mergulho cada vez mais fundo nos arquivos do seu *notebook* para tentar admitir uma equivalência menos débil entre as variáveis deste enunciado. Vejo que também você se deixou contaminar pelas imagens de Goya, ao constatar o material coligido sobre o pintor. Numa pasta reúne-se a maioria das obras, organizadas por temas: os trabalhos da primeira fase, as gravuras, as tauromaquias, as Pinturas Negras. À parte, certas reproduções se destacam, separadas, penso, para uso posterior. Para o compartilhamento de mensagens cifradas entre os iniciados de um dado grupo ou para a fabricação de outras camisetas, com as quais sairiam às ruas em novos protestos. No *2 de mayo* da Cinelândia, as reivindicações corriam por conta do estado da educação no país: corte de verbas para universidades, diminuição do incentivo à pesquisa, demissão de professores, sucateamento das instituições de ensino público e tantas outras agendas que volta e meia ressurgem no cenário político, requentadas e reajustadas. Percebo, porém, que algo se insurgia por entre as malhas finas daquele discurso, numa alusão que, à primeira vista, parecia sincronizada com as intenções postas nas ruas. Uma cena de sublevação popular e outra de um fuzilamento de civis requerem uma precisão ideológica a mais, um contexto apropriado, algo que as destaque de toda a confusão reinante para que soem suas verdades, iluminem as discussões e reiterem suas conclusões nos 200 anos que as separam de nós. Na época em que vieram à luz os quadros gêmeos, Goya vivenciava contradições interiores que lhe provocavam uma cisão radical. Num país de paradoxos não menos dramáticos, revelar a seco a substância de suas crenças mais fidedignas significava expor-se aos inconstantes rumos diplomáticos do regime. Era imperioso desenvolver um estratagema tal de subentendidos, de mensagens veladas que lhe oferecessem certa cobertura, uma camuflagem. Mais do que isso, crescia-lhe uma necessidade orgânica de desfazer-se das máscaras que o transformavam num Arlequim para, enfim, fazer brotar seu anverso, o duplo com que olhava para dentro e para fora de si sem o filtro das conveniências. Goya sabia, no entanto, que seria preciso, para tal, romper com tudo o que havia construído até então, partir, recomeçar, reinventar uma nova existência. Ou... encaixar essa nova vida num espaço-tempo paralelo, em coexistência (quase) pacífica com sua versão oficial. Há provas mais do que contundentes de suas habilidades camaleônicas no destino de uma de suas telas, em que a concepção original representava uma alegoria da cidade de Madri. A imagem ostentava, num medalhão no interior do quadro, a figura de José Bonaparte, nomeado por Napoleão. Após a expulsão definitiva dos franceses, Goya substitui a efígie do rei deposto pela palavra *Constitución*, para enaltecer a primeira carta magna a ser elaborada pelo recém-instituído governo provisório, liberal. Com a ascensão de Fernando VII ao poder, um monarca conservador e tirânico, o pintor sobrepõe aos dizeres um retrato do novo rei, para não se comprometer perante o *status quo*. Apesar de não privar da simpatia de Fernando, Goya permaneceu no posto de 1º pintor de câmara da corte, conservando suas prerrogativas e vencimentos. Servir a dois senhores garantiu-lhe a sobrevivência, tanto física quanto política. Ao que consta, não se tem notícia de nenhum constrangimento ou remorso que lhe pudessem ter afligido por conta disso. A era das ideologias não havia fincado de vez sua bandeira no solo da História e dobrar os joelhos à moda de Montaigne ainda era a maneira mais sensata de manter a autonomia da razão. Calar-se, obedecer, resignar-se, fingir. Mesmo sob o risco de produzir monstros? Somos levados a buscar a proteção do anonimato, quando nos garante algo precioso como escapar à prisão ou a uma instituição para menores infratores.

Netinho volta a me assombrar com seu olhar fixo, como um dos internos da *Casa de locos*. Seminus, em trapos, delirantes. À esquerda, um grupo se amontoa sob a liderança de uma figura inusitada, uma espécie de selvagem coroado de penas a quem um outro beija a mão. No centro da composição, de chapéu tricorne e imerso numa guerra fictícia, outro aponta seu fuzil imaginário para um inimigo tão fantasioso quanto. Encostado a uma pilastra, com uma flauta nas mãos, um segundo canta. Um terceiro, com um tipo de mitra na cabeça e um medalhão no peito, abençoa. Numa demonstração magistral de sua perícia no manejo dos subentendidos, é quase certo que Goya tenha pintado tão bizarra cena não apenas como espelho de uma triste realidade, mas como algo paródico, indicando um paralelo com a situação política do país naqueles tempos. No extremo canto direito do quadro, quase na escuridão, dois loucos se entregam a um ato de felação. Admito que, quando percebi esse detalhe, não me furtei a pensar em Goya e Zapater, em você e Martim, embora me custe muito relatar isso neste exato momento. Não gostaria de parecer antiquado ou conservador, embora hoje acredite que não me resta muito a não ser reconhecer-me como tal. Sucumbi à moenda desse arcaico engenho e as ilusões embotaram-se junto com a fotografia do Guevara, insensíveis às rezas de minha avó. Desde então trabalho para um mundo caduco e não tenho sequer o menor pudor de me valer dos versos de outrem para confessar meus fracassos. Roubamos uns dos outros, com a mais cínica torpeza, aquilo que nos autoriza a seguir atuando, fingindo, sobrevivendo. Alguma coisa você extorquiu de mim, assim como talvez eu tenha tomado algo semelhante a você. Roubar e ser roubado fazem parte da dinâmica a que nos prestamos quando se estabelecem os consórcios humanos, os empréstimos compulsórios a que está fadada toda e qualquer contiguidade. À prática segue-se, por vezes, a sensação de que deixamos levar aquilo que não nos pertence por direito ou do qual já nos queríamos livrar. Martim também nos roubou algo. A mim me tirou o sono noites seguidas, ao me lançar na busca de resquícios de sua passagem pela vida de Francisco, do que me fizesse compreender que tipo de associação os unia. Nas ocasiões em que tentei conversar sobre Martim com Isa, ela se mostrou reticente, arredia. Disse não se lembrar de tê-lo conhecido, embora sequer suspeite de que fora flagrada abraçada a ele, durante os poucos segundos em que aparecem, nos registros do velório. São esses os *frames* que repasso, um a um, enquanto os observo: Martim e o *2 de mayo* no peito, o braço esquerdo sobre os ombros de Isa, que, de cabeça baixa, o enlaça pela cintura. Juntos, repartem o que resta de você com outros tantos jovens, enquanto entoam um hino religioso ou, quem sabe, um *cante jondo* revirado do avesso pelas bocas em desalinho, em câmera lenta, um uivo inaudível do lado de cá do aquário. Boiando nos *pixels* que compõem sua figura impressionista, o olhar de Isa ergue-se e encontra a objetiva para logo sucumbir à transição da imagem. À lupa com que rastreio a superfície craquelada deste quadro, esses olhos me fitam como os da Duquesa de Alba, sem se darem à decifração, quase destituídos de alma, resolutos a manter certo decoro privado em presença de olhos outros (do pintor ou de uma câmera) que os perscrutam. *La Alba*, cuja beleza sem par despertou ciúmes e hostilidade nas mulheres da corte, paixão e cobiça nos homens, entre eles Goya, que não ficou indiferente à audácia com que mesclava o porte aristocrático e a exuberância no vestir-se das *majas*. A quem, segundo rumores inconvenientes, teria vestido e despido como modelo para o par de quadros encomendados pelo primeiro-ministro

Manuel de Godoy. E que pintou em particular segundo seu próprio gosto e feitio, em duas versões: *la blanca* e *la negra*, a primeira destinada aos salões de recepção da duquesa; a segunda à intimidade do estúdio do próprio artista. Nesta, Alba exibe-se num longo vestido negro, rendado, ombros envoltos num xale da mesma cor, o bordado ouro da blusa sob o véu diáfano e a faixa escarlate apanhada na cintura, sobressaindo na composição. Lábios muito unidos, olhos firmados com certa dureza em direção ao espectador, com o indicador da mão direita aponta uma frase riscada no chão: *Solo Goya*. Nos dedos, dois anéis, um deles com seu sobrenome, o outro com o do pintor. O indiscreto devaneio com que Goya a idealiza se converte em motivo suficiente para que o quadro jamais tenha saído de seu gabinete, a não ser para passar às mãos do filho, Javier. Aos 50 anos e surdo, é de se supor que não nutrisse esperanças em ser correspondido, quaisquer fossem suas intenções para com a duquesa. No entanto... *Caprichos*, lâmina 19: pousada no topo de uma árvore raquítica, os cabelos apanhados num coque atado por fitas e o busto saliente num corpete apertado, uma mulher-pássaro, impassível, deixa-se cortejar diante da proximidade de outros machos alados. Dá as costas a um pássaro que voa em seu encalço, as asas escandidas, cruzado ao peito um talabarte de onde pende uma espada e, na cabeça, uma cartola semelhante a que carrega a estátua de bronze de Goya, no Prado. Ao pé da árvore, duas jovens mulheres se ocupam em depenar e arrancar as tripas de um dos homens-pássaro apanhados na armadilha, enquanto a velha alcoviteira inclina a cabeça para o alto e junta as mãos em expectativa pela próxima vítima. *Todos caerán*. Esse é o veredito. A queixa de um homem ferido de morte em sua autoestima, cuja vingança se compraz em conferir ao rosto da mulher-pássaro as feições da duquesa, depois que as relações entre ambos adquiriram um tom protocolar, em tudo diferente daquele verão que passaram, juntos, em Sanlúcar. Doravante, aqui e ali, tanto mais velado nas gravuras publicadas quanto menos prudente nos esboços dos álbuns particulares, o semblante de *La Alba* se mesclará às atitudes frívolas e inconstantes de certas *majas* de Goya, a quem ele, por sua vez, suplicará em vão algumas migalhas de atenção. *Caprichos*, lâmina 61: tristeza (indiferença?) estampada no semblante, os braços em cruz e envergando uma capa cujas pontas segura com as mãos, vai-se a *maja* suspensa no ar por borboletas à cabeça e monstros (bruxas?) aos pés. *Volaverunt*. Feito *La Alba*, a indiferença (tristeza?) salta-me aos olhos na imagem congelada e Isa me ressurge como personagem a ser recomposta. Ambas se confundem e planam em meu imaginário, uma presa às linhas de Goya, outra aos fios da asa-delta de Francisco. Será que um dia compreenderei a conexão entre vocês? Esteve aqui em casa com mais frequência depois que você morreu, sempre para conversar com sua mãe, consolá-la de algum jeito. Saíam juntas vez por outra, por certo para colocar flores no jazigo da família ou rezar ou outra atividade que exigisse como pré-condição uma certa sororidade, e que, portanto, prescindisse da minha presença já tão pouco requisitada. Não sei se reconheço nisso uma ponta de inveja ou frustração por presumir que sua mãe possa saber mais sobre Isa e você do que eu próprio, enfronhado em investigações que me roubam tempo, ânimo, saúde. Goya, Zapater, você, Isa, Martim... pairam silentes sobre a madrugada que avança, secundados pelo ruído da chuva na vidraça, cuja presença é o único dado de realidade que sou capaz de apreender. Hoje já não luto contra a falta de sono de que sempre me queixei e para a qual você, um dia, me ensinou um truque. Lembra? Consistia em sintonizar um dos incontáveis arquivos de áudio ou vídeo existentes na rede, destinados a sessões de relaxamento. Um que reproduzisse por horas a fio sons de chuva caindo sobre a grama ou sobre uma laje, por exemplo. O dispositivo era simples até demais para surtir efeito, mas não me custava tentar. Adequava o aparelho celular às coordenadas indicadas, ajustava os fones aos ouvidos e tentava captar naquela voz um sussurro que me induzisse ao torpor desejado. Em sua regularidade irregular, a chuva só me falava de si mesma. Assim como eu, aos pés do retábulo que é a tela do *notebook*. Chovo. Insistente, intermitente. Sobre este terreno árido, sobre as telas gêmeas, as camisetas estampadas, o canibal tatuado, o desvario de Netinho, as cenas da revolta da Cinelândia; sobre seu corpo sufocado por tantas flores e velas, sobre Isa e Martim abraçados, sobre meu pai e seu rancor surdo, sobre sua mãe cada vez mais apartada de tudo; sobre as cartas de Goya a Zapater e, agora, sobre os retratos. Abro uma das gavetas da escrivaninha e de lá recupero o seu, tratado a *crayon* e *guache*, que encontrei misturado aos papéis da faculdade. É uma reprodução da foto da Pedra Bonita, em papel cartão pouco menor que uma folha ofício. No canto inferior, as já familiares iniciais *m* e *p* identificam a autoria. Lá está você com sua camiseta e a espiral cósmica, sorrindo sobre um fundo verde azulado, o rosto um pouco diferente do da foto, os lábios mais grossos, o cobre dos cabelos mais intenso. A ternura que julgava ler no seu olhar adquire o que identifico como argúcia (outra vez, malícia?) ou destemor. Os olhos mecânicos de uma câmera fotográfica traduzem uma realidade que os lápis ou os pincéis não conseguem reproduzir sem deixar um pouco do gênio, da mão do artista em seus traços. Penso nisso e na qualidade dos desenhos de Martim-pescador, que sou inclinado a julgar com parcimônia em virtude do meu mal treinado senso estético. Ainda assim, imagino que Francisco visto por Martim talvez seja como Zapater visto por Goya, nas três versões existentes. Na primeira, pintada por volta de 1780, Zapater surge como um jovem Javier Bardem, cabelos um tanto revoltos, maçãs do rosto arredondadas, olhar atento ao retratista. Tinha cerca de 32 anos e já acumulava a gerência dos arrendamentos das terras de uma tia-avó com seus próprios empreendimentos, a caminho de se tornar um dos membros mais bem-sucedidos da burguesia local. Pode não passar de mera impressão, mas isso talvez explique as olheiras na face do retratado, que se alongam desde a curva superior do nariz em direção à boca entreaberta. Os lábios separados deixam entrever um pouco da língua, numa expressão, se não me engano, nada usual para alguém que posasse. Gracejo do pintor ou ousadia do modelo? *Pero que poltroncitos que nos bolberiamos!* A cumplicidade extrapola os limites da moldura, tal como no sorriso que você devolve a Martim. Dez anos depois, Goya voltaria a pintar o amigo, desta vez mostrando um Zapater bastante envelhecido, efeito talvez do uso de uma peruca grisalha, sinal da moda e de sua evidente ascensão social. Um ano antes, um decreto real lhe outorgara um título de nobreza em reconhecimento pelos esforços empreendidos durante uma grave crise nacional de escassez de alimentos. O aspecto senhorial se nota no corte elegante da sobrecasaca, na botoeira do colete e nos traços sofisticados da silhueta: o formato mais delicado do nariz, a serenidade que ganham os olhos, sem perder, contudo, a vivacidade com que miram o pintor. Tem no colo o que parece uma carta datada e assinada por Goya, uma como a de dezembro daquele ano de 1790: *O maior bem de quantos preenchem o coração... acabo de receber a tua preciosa [carta]; sim, sim, avivas meus sentidos com tuas discretas e amistosas produções;*

com o teu retrato à frente, parece-me que tenho a doçura de estar contigo; ai, meu de minh'alma, não acreditei que a amizade pudesse chegar ao ponto em que a experimento; nem acerto com a caneta, olhando sempre para a tua cópia, que não consegui ocultar às vistas de alguns assistentes; e me enche de alegria que digam ser o melhor que tenho feito em atitude, de bela cabeça [ao ponto] de se apaixonarem em lugar do original; ai, que elogio você me emprestou para minha consolação. Assina, desta vez, com um desenho. Não me surpreenderia se, no lugar, empregasse uma das inúmeras dedicatórias inflamadas com que se despedia do companheiro: *Tuyo y retuyo* (e as variantes *Tuyo, tuyo y retuyo*; *Tuyo y siempre tuyo*; *Tuyo de beras*; *Tuyo de corazón*; *Tuyo del alma*... até chegar a *Todo tuyo y retuyo y siempre y porque requiero*); *Tu Paco* (e as variantes *Tu Repaco*; *Paco y repaco*; *Tuyo Paco Goya*; *Tu Paco del alma*; *A tu Paco que te adora*; *Tu/Tuyo Fran de Goya*). Na cópia do volume das cartas, os trechos sublinhados multiplicam-se tanto quanto as maneiras afetuosas e até mesmo engraçadas que Goya inventava para tratar a si próprio, como: *Paco Lizanero*; *Tu amigo Paco el Gordillo*; *Tu gran amigo Pacorro*; *Juanito el de la boda alias balcones azules*. Ocorreu-me anotá-las ainda no quarto do hotel, em Madri, depois da primeira visita ao Prado. Extenuado por conta das dez horas de voo, adormeço com o livro sobre o peito e sonho. Sonho com sua mãe e Isa, sentadas lado a lado, como duas *majas* de Goya. Ao fundo, dois *majos* lhes dão as costas, mas observam-nas por sobre os ombros, algo entre cobiçosos e desconfiados. A ação se desenrola diante das grades ornamentadas de uma varanda, onde as mulheres apoiam os braços. Uma delas veste luto fechado, uma mantilha de renda negra velando em parte os olhos que se dirigem à amiga, com quem parece trocar confidências. Reconheço-a: é Isa. A lógica particular dos sonhos inverte os polos e sua mãe me surge mais jovem, o perolado radiante da pele em contraste com a capa azul-claro, entretecida num rendilhado translúcido que desvela as mangas douradas do vestido justo. Tem o olhar tranquilo, dirigido ao espectador da cena. Um dos homens, de pé, metido num sobretudo escuro, é Martim. O outro, sentado, o chapéu enterrado na cabeça como que para lhe servir de disfarce, sou eu. Olhamo-nos. De fora e do interior do quadro, observo-me: um *Doppelgänger* ressentido. A ideia dura o lapso de um disparo. No instante seguinte, já não mais creio nisso e, sim, que somos todos espectadores e miramos um outro, para além das fronteiras do quadro. Você. Sei que é você, posso senti-lo no ruído do vento, da chuva, no grito que ressoa nos quatro cantos da moldura: *Eu sou o super-homem!* Consulto os demais com o olhar, mas nada me dizem. A angústia me revolve. Levanto num salto, derrubo a cadeira. *É Francisco, vocês não estão vendo?!* Afasto da frente as mulheres, que me veem agarrar a barra da grade, nela plantar um dos pés, depois o outro, e pular. Despenco do alto da Pedra Bonita. Vemos tão pouco. Vemos cada vez menos. Na manhã seguinte, durante o café no hotel, ao refletir sobre o sonho e examinar os folhetos turísticos que havia recolhido na recepção, deu-me vontade de procurar os *balcones azules* do número 1 da *Calle del Desengaño*, endereço em que Goya viveu de 1779 a 1803, ano da morte de Zapater. Traço o mapa na palma da mão, no aplicativo que põe diante de mim todas as vias da cidade. Descubro que me encontro não muito distante do perímetro que engloba a Academia de Belas-Artes de San Fernando, a *Puerta del Sol* e a *Plaza Mayor.* Visto o sobretudo com que me protejo do vento da manhã, comprado de improviso numa loja de roupas do centro. Ainda não é inverno, eu sei, mas meu corpo desacostumado ao frio reclama, mesmo sob a temperatura amena. Ainda assim, não dispenso uma caminhada por *El Retiro*, onde perambulo entre os jardins de árvores amarelecidas, até parar diante da mais antiga de Madri, o cipreste do Canteiro Francês. Imagino um jovem Goya à sua sombra, esboçando estudos para as tapeçarias: piqueniques, divertimentos ao ar livre, jogos de crianças. Às margens do Lago Grande, tendo às minhas costas o gigantesco monumento à pátria espanhola, observo os botes azuis que deslizam sobre o espelho d'água. Neles, casais se entregam ao exercício do ócio, ao regozijo da confiança. Passa à minha frente o de número 30, onde o jovem *majo* contrai os músculos ao trazer para si os remos, enquanto a moça se distrai na leitura. Já passa do meio-dia quando pego a saída do parque, bem em frente à *Puerta de Alcalá*. Inevitável, ouço a cantilena de Don José ao patrulhar as ruas escuras, antes de mais um encontro com Carmen: *Halte là! Qui va là? Dragon d'Alcalá!* Desço a *calle* de mesmo nome para chegar ao museu da Academia de Belas-Artes. Cansado, faço uma parada antes. Enquanto almoço, tiro do bolso interno do sobretudo o livro das cartas de Goya a Zapater e leio, em mais uma das dedicatórias: *Gitano de mi corazón, quien siempre es tuyo.*

No museu, é o próprio Goya que me saúda trajado como cigano, no autorretrato famoso em que posa para si próprio à frente do cavalete, com uma coroa de velas. Observando de perto o original, pude constatar o quanto me enganei ao associá-lo a Martim. O porte, a atitude... não há nada de furtivo naquele Goya. Assemelha-se a um bandoleiro ou a um cangaceiro *avant la lettre*, portando a clássica cartucheira cruzada ao peito e à volta da cintura. Há um enfrentamento franco, um nítido *en garde* apoiado na perna direita, enquanto a esquerda toma a frente. Simbolismo ou premonição, é isso o que ele vai fazer a partir de então, à medida que assimila o golpe desferido pela doença e reavalia seus métodos de ação. Numa metáfora mais de acordo com o ambiente e a época, vai empunhar a paleta como uma capa e o pincel como uma bandarilha com a qual espetará os touros soltos na arena. Como na *Escena de Inquisición*, do mesmo acervo: num salão que se identifica como o de um palácio ou catedral, reúne-se o tribunal do Santo Ofício. Sobre um tablado, em posição penitente, um suspeito de heresia ouve as acusações. Toda a atenção converge para sua figura contrita, para o sambenito onde estão costurados os sacrilégios e a coroça pontiaguda sobre a cabeça. À direita, integrados à audiência, mais três réus aguardam a vez de ouvirem suas próprias sentenças. À volta, as comunidades civil e religiosa testemunham a cerimônia, enquanto, debruçado sobre um atril, um frade redige o relato do processo. O quadro me causa mal-estar instantâneo, tamanho é seu poder de me deslocar para o âmago da cena. Antes de me sentir compelido a te enxergar sobre o mesmo palco, afasto-me para ser capturado, logo após, pela confluência da procissão dos disciplinantes. Em primeiro plano, os flagelantes exibem as costas nuas, ensanguentadas, acompanhados por uma orquestra de encapuzados negros que sopram instrumentos à sua roda. Outros, mais adiante, envergam pesadas cruzes de madeira, enquanto o populacho segue ao largo, portando estandartes e tochas acesas. Tudo se dá sob a vigilância das imagens da *Virgen de la Soledad*, do *Ecce Homo* e do Cristo crucificado. A força de mobilização das duas telas se deve à prodigiosa capacidade de imaginação de Goya, que jamais pôde presenciar as circunstâncias nelas representadas. Há décadas a Inquisição já não tinha poderes para instituir tribunais e realizar autos de fé. Então, por que pintá-los? A estocada fatal se denuncia nos traços contemporâneos do magistrado que aparece sentado, à esquerda, no primeiro quadro. Goya alerta: ainda o controle, ainda o flagelo. Submetemo-nos a todo momento aos aparatos repressivos do campo social, que se mantêm sob novas aparências, roupagens sofisticadas, dispositivos tecnológicos. A violência com que exercem sua coerção, no entanto, permanece em estado latente e a qualquer instante pode ceder aos apelos do hábito. Nada mais dessemelhante me ocorre quando, ao sair do museu, sigo pela mesma rua até chegar à *Puerta del Sol.* Um grupo risonho de turistas se aglomera frente ao símbolo da cidade, a estátua do urso apoiado nas patas traseiras, a fustigar com o focinho a copa de um medronheiro. A luminosidade da tarde de outono é perfeita para as fotos, registradas pelos celulares em punho. Uma adolescente aponta o aparelho para uma amiga. Você, Netinho e seus colegas me atravessam o caminho. *No saben.* Desvio o corpo, adianto as passadas até cruzar a saída do metrô, em direção ao centro da praça e à estátua equestre de Carlos III. Em frente ao marco do quilômetro zero, na fachada da sede da prefeitura, leio as placas em homenagem aos *heroes populares* do *2 de mayo.* Faço um exercício para encaixar a cena da tela de Goya naquele cenário urbano moderno, com suas estruturas de aço e vidro, galerias subterrâneas onde trens cortam a cidade de ponta a ponta, *delicatessens*, lojas de departamentos e *souvenirs*, tabacarias, casas de câmbio, bancas de jornais e *tickets* turísticos. Vislumbro as *calles* arteriais que deságuam neste grande coração onde me encontro: *Mayor*, *del Arenal*, *de Tetuán*, *de Preciados*, *del Carmen*, *de la Montera*, *de Alcalá*... ainda que alteradas em seus traçados, alargadas, remodeladas, compostas por edifícios que em nada lembram os de 200 anos atrás, delas é que brotaram os insurgentes, para assombro dos franceses e mamelucos. Quando penso nisso, tudo me conduz uma vez mais a você, a Martim e a Goya. Martim e seu *2 de mayo* estampado na camiseta, o rosto coberto por uma bandagem negra, infiltrando-se por entre as patas dos cavalos. Estaria armado? Com certeza não estava só. Havia outros. Guerrilheiros como ele, ancorados numa tática de confronto que talvez tenha em Goya o seu inventor visual. Motivada pela maciça inferioridade da força militar espanhola diante dos exércitos de Napoleão, a guerrilha tornou-se a mais eficaz estratégia de resistência nas lutas pela independência, que se estenderam de 1808 a 1813. O imperador, convicto da vitória inconteste de seus homens sobre os desnutridos e mal equipados espanhóis, não contava com o patriotismo arraigado, um anacronismo face ao modelo governamental decerto muito mais avançado que pretendia implantar no país. O ódio atávico aos usurpadores, alimentado pelas diatribes fabricadas pelo clero, discípulo fiel de um Santo Ofício decadente, porém ainda muito poderoso, fez com que o povo empregasse os parcos meios de que dispunha para fazer frente ao inimigo: pedras, facas, porretes, lanças improvisadas, pólvora caseira e balas forjadas nas montanhas ao redor de Madri. As cidades tomadas pelos franceses não caíram sem antes provocar pesadas baixas ao invasor, cada porão transformado em casamata, um século antes da guerra de trincheiras. A cada rua, grupos de assalto executavam ações de emboscada e, ocultos sob capas, esgueiravam-se por becos e vielas para se misturar à plebe. Nas estradas, salteadores atacavam de surpresa, de cima das árvores, para desaparecer por entre as folhagens, da mesma forma com que haviam surgido. Goya pôde testemunhar uma amostra da destruição e dos horrores desse novo tipo de resistência em Saragoça, para onde foi em outubro de 1808, a convite do general responsável pela defesa da cidade. É possível que a experiência lhe tenha proporcionado a oportunidade de rascunhar algumas das primeiras imagens que mais tarde comporiam seus *Desastres da Guerra*. A guerrilha teve em Goya seu primeiro repórter, tão imparcial que, ao olhar para as lâminas dos *Desastres*, muitas vezes é difícil distinguir a que lado pertencem as figuras que nelas aparecem em contextos extremos, em atos desesperançados. Havia simpatizantes dos ideais da iluminação entre o próprio povo, que, por cinco anos, teve de aceitar como rei o irmão mais velho de Napoleão. Houve quem auxiliasse o novo governo a prosperar em meio ao caos e a falta de recursos. Goya pintou o retrato de José I, levou a cabo obras encomendadas por vultos leais ao rei francês, o suficiente para que, findado o conflito, fosse acusado de colaboracionismo. No entanto, a julgar pela intenção de alguns dos mais influentes cidadãos que atuaram junto à administração francesa, como não apoiar, por exemplo, a limitação dos poderes seculares, a extinção do Santo Ofício? Toda razoabilidade, porém, perdia efeito diante da maneira hostil com que José Bonaparte tratava a população, da bárbara repressão aos insurretos. Concluído quando já os invasores haviam sido expulsos e Fernando VII, *El Deseado*, voltara a ocupar o trono, numa restauração cujo caráter revanchista era então mais violento do que as atrocidades cometidas pelos estrangeiros, *El 2 de mayo* tornou--se marco simbólico do nascimento da guerrilha urbana, ocorrido onde agora planto meus pés, no quilômetro zero da Espanha. Se Martim, assim como eu, fez o trabalho de casa e pesquisou a respeito de todos os aspectos que abrangem o *2 de mayo*, sua decisão de estampá-lo na camiseta com que me fez confundi-lo com Francisco foi, sem dúvida, coerente. Irônica, até, no modo como espelha a batalha campal em dois episódios históricos distintos, ele próprio como um dos rebeldes de Goya frente aos sarracenos representados pelos policiais militares. Condescendente ou não — e aqui confesso uma ponta de vaidade, um certo orgulho por ter engendrado todas essas conexões —, custo a acreditar que Martim tivesse consciência das implicações subliminares do ato de se vestir com tamanha imagem emblemática. Se assim o fez, o que dizer, então, de sua decisão de dar a Francisco a camiseta onde se exibe a *mala suerte* reservada aos guerrilheiros? Será que ele previa seu destino, meu filho? Ou o próprio acaso, com sua ironia sem par, encarregou-se de dar o retoque final, numa pincelada carmesim? Não consigo me afastar da ideia de que, de certa forma,

Martim, como um general inábil, tenha enviado você ao *front* como um dos incautos camponeses, armado apenas com palavras que sequer tinham a consistência de uma pedra com que se pudesse esmagar o crânio de um oponente. Palavras que, acredito, talvez jamais tenham feito parte do seu vocabulário, ainda que (que sei eu?) tudo o mais em relação a você me surja transfigurado, próprio de uma personagem gravada pelos buris de Goya. Cai a tarde. Decido seguir meu caminho pela *Calle del Carmen*, enquanto o sol já começa a roçar as pontas dos edifícios. Em tempo: mesmo sob os olhares complacentes da Virgem com o Menino, estampados na placa de azulejos, ponho-me a assobiar a *Habanera*. Pela *Calle de la Salud*, alcanço a *Plaza del Carmen*, onde paro para um café. O pátio cobre-se das folhas que o vento, agora mais forte, varre. Ao me trazer o pedido, o garçom repara no livro sobre a mesinha. *Su más apasionado*, leio. *L'amour est un oiseau rebelle*. Estou perto. Contorno a praça, pego a *Calle de las Tres Cruces* até cruzar a *Gran Via*. Guardo esses nomes porque sei que, a despeito das transformações urbanísticas, Goya transitou por ali, como, por exemplo, por este trechinho da *Calle de Valverde* que vai desembocar, na primeira à esquerda, na *Calle del Desengaño.* O número um é um prédio de esquina, cuja entrada (pela *Calle de Valverde*) indica um hotel. Arcadas cimentadas, repletas de pichações, situam-se no local onde devia funcionar a loja de perfumes e bebidas mencionada no texto de publicidade da série dos *Caprichos*, veiculado no Diário de Madri em 6 de fevereiro de 1799: *Colección de estampas de asuntos caprichosos, inventadas y grabadas al agua fuerte por Don Francisco Goya. (...) Se vende en la calle del Desengaño, n.º 1, tienda de perfumes y licores, pagando por cada colección de 80 estampas 320 rs.* A fachada creme do edifício atual exibe suas varandas de mesma cor em estilo neoclássico tardio, híbrido com qualquer coisa de *déco*, não sei bem precisar. Goya devia habitar a sobreloja ou o andar superior, imagino, supondo que a construção fosse uma das mais comuns, de três andares e loja térrea, utilizada para fins comerciais e residenciais. De toda maneira, se é ele o próprio *Juanito el de la boda* a que se refere na carta a Zapater, não há mais sinal dos *balcones azules* surreais, criptográficos. Parado no ângulo entre as duas ruas, olhando para o alto, para as sacadas enfileiradas ao longo dos cerca de oito andares do prédio, num arroubo me surge a imagem de um teatro. Sim, é possível que os *balcones azules* fossem os de um camarote nas galerias de um *corral de comedias*, como o *Teatro del Príncipe* e o *Teatro de la Cruz*, ambos à época situados nas proximidades. Do teatro para a arena, a transição é instantânea. Vejo à minha frente um muito satisfeito Goya instalado numa das tribunas da *plaza de toros* que havia na *Puerta de Alcalá*, vibrante com os *pasodobles* de Pedro Romero ou, ainda, pasmado com a desgraça de Pepe-Hillo, na tarde em que perdeu a vida diante de milhares de seus admiradores. Anos depois, gravaria no cobre a cena em que o touro Barbudo derruba Pepe no solo e, em seguida, o levanta no ar, espetado nos chifres. Perdidos no outrora, meus olhos quase não captam as luzes que emanam, aqui e ali, dos balcões de agora. Alguém fecha um dos postigos, ao mesmo tempo em que uma lufada de vento me açoita. Ao meu lado, a lâmpada de um antigo poste de ferro se acende. A noite apaga as últimas pegadas do meu périplo pelas *calles* de ontem e de hoje. Hora de retornar. Sinto um roçar de ombros e a vaga noção da passagem de alguém às minhas costas. Volto o rosto na direção da figura compacta do homem que segue um pouco mais adiante, até se deter à porta de um estabelecimento. Puxa uma tragada do cigarro que fuma e me encara. Deve beirar os 30 anos, pouco mais ou menos. Moreno, cavanhaque bem marcado no traçado do queixo, *jeans* grudados no corpo, boné e jaqueta modelo militar. Depois da baforada, livra-se do cigarro e o apaga com a ponta do tênis. Enfia as mãos nos bolsos do casaco, me faz um sinal sugestivo com a cabeça e entra. Só então reparo no letreiro verde luminoso do lugar. É um bar *gay*. Algo entre culpado e envergonhado, como se pego colando num exame, em flagrante delito, experimento uma sensação absurda. Levanto a gola do sobretudo e desço a *Calle del Desengaño*, passando por restaurantes de comida asiática, lojas de vinhos, bazares, *sex shops*, até desaguar na praça onde me chama atenção uma igreja. Entro, apanho o prospecto do culto e tomo lugar num dos assentos da nave principal. Tenho a impressão de que fujo. De que ou de quem, não posso saber. Apesar da reluzente brancura dos mármores, a arquitetura barroca do templo, com o transepto, suas abóbodas laterais e a cúpula circular da nave central, altíssima, me oprime. Por mais que tente me convencer do contrário, leva-me de volta à missa pelo sétimo dia da sua ausência, um rito de contagem, índice de distanciamento do marco zero. Não me recordo de quase nada daquele evento, apenas de ter me preocupado em amparar sua mãe o tempo todo em que durou a cerimônia. Não me lembro de ter visto meu pai. Não sei dizer se Isa e Martim compareceram. De repente, meus olhos cruzam com o nome dele no folheto da igreja. Descubro que estou na paróquia de San Martín de Tours. Saco do bolso uma vez mais o livro das cartas e abro numa página aleatória. *Querido Martín... Tenho me empenhado para que tenhas a cama logo; fui até onde são trazidas de Viztoria e não me contentei em encomendá-la antes de ter procurado e revirado tudo; (...) queres mais? Pois aqui é sempre o mesmo, aquele que te ama mais do que pensas... Paco.* Levanto-me. Escapo por entre as fileiras de bancos e ganho a rua. Ando a esmo até me ver outra vez na *Gran Via*. Em frente ao *Cine Callao*, hesito entre pegar uma sessão ou o metrô para o hotel. Vence o metrô. Vemos tão pouco. Vemos cada vez menos. No terceiro retrato, Zapater aparece envolto pelos contornos ovais de um medalhão, ostentando cabelos negros volteados em torno dos ombros. No rodapé, a dedicatória: *Goya; A su amigo Martín Zapater; 1797.* Aos 50 anos de idade, possui a efígie de um próspero senhor de terras, membro da *Real Sociedad Económica Aragonesa de Amigos del País*, uma entidade alinhada com os ideais ilustrados e responsável pelo fomento da economia e da educação locais. O título de nobreza concedido a Zapater pelo rei fez com que Goya se animasse a buscar suas raízes genealógicas. Pôs o próprio amigo em campo, pedindo-lhe que verificasse os registros públicos de Saragoça. Em vão. Suas ambições foram frustradas pelas tentativas infrutíferas de se comprovar algum tipo de linhagem aristocrática. Porém, quando o controverso primeiro-ministro Godoy fez o mesmo, os peritos designados para a pesquisa arranjaram-lhe origens veneráveis, até mesmo uma disparatada descendência de reis godos. É muito provável que este caso tenha inspirado Goya a gravar *Asta su abuelo*, lâmina de número 39 dos *Caprichos*. Nela, instalado sobre um confortável assento, vestindo calças e paletó, um asno consulta um livro de genealogia. *Os preciosos burricos dos nobres descendem de outros tais até o último avô*, esclarece o comentário fornecido pela cópia em poder da Biblioteca Nacional. Posto que lhe foi negado o acesso, Goya volta-se a criticar o clube a que desejou pertencer um dia, denunciando as afetações e os ardis dos sócios. Nomeado membro, Zapater por sua vez aparenta empenhar-se menos na defesa das causas liberais. Essa divergência de postura talvez tenha arrefecido o entusiasmo de Goya pelo amigo, razão pela qual a correspondência entre eles se rarefez, nos anos anteriores à morte de Zapater. Órfão de sua amizade, o pintor sobreviveu-lhe por 25 anos. Martim-pescador sobreviveu a Francisco e tudo o que tenho é um catálogo, um par de camisetas, uma tatuagem, alguns vídeos e um retrato. Recorro uma outra vez às redes sociais. Não sou ingênuo a ponto de crer que vá extrair daí algo que não soe superficial ou enganoso, mas é preciso partir de algum ponto, ainda que de uma pura abstração. Destituído de qualquer traço do gênio de Goya e do espírito progressista de Zapater, Martim-pescador emerge dessa interseção como uma cópia falsa, uma fraude. A crer pelas páginas que segue, parece flertar com ideologias opostas às adotadas por Zapater e seus confrades ou, ainda, por Goya e seus verdadeiros libelos em forma de gravuras. Mesmo assim, resisto ao preconceito de nele ver nada além de um decalque medíocre dos modelos nos quais me dedico a projetá-lo. Um único detalhe talvez o torne similar a seu homônimo: o nariz alongado que se precipita rosto abaixo, em direção à boca. Volto à reprodução estilizada de sua fotografia. O tratamento em sépia emula algo como o retrato do artista quando jovem, em exercício durante as etapas do seu *métier*, ocupado em criar. Consigo vê-lo com um pouco mais de nitidez nos segundos em que dura sua presença gravada, no velório. É esguio, quase pequeno, braços nada musculosos. A absoluta antítese de Francisco. Penso em que tipo de espírito traz dentro de si capaz de fisgar com tanta habilidade uma personalidade tão diferente como a sua, meu filho. E então me concentro no apelido. Entro a pesquisar o que me é possível a respeito e, de um segundo a outro, me pego a examinar vídeos que revelam as artimanhas do pássaro. A começar pelo ninho, que costuma fazer não em árvores, mas ao cavar pequenas tocas às margens dos rios, encobrindo-as o máximo que pode. Por um lado, esquiva-se aos predadores alados maiores que ele, mas permanece vulnerável à ação dos mamíferos caçadores. Tem sobre eles, no entanto, a vantagem de alçar voo com ligeireza e a camuflagem que a penugem terrosa e azulácea oferece. O bico comprido e pontiagudo opera como um arpão e lhe confere propriedades hidrodinâmicas, leio, numa publicação especializada. Graças a ele, é capaz de atravessar a lâmina d'água para alcançar sua presa e depois reduzir em até 200 vezes a própria velocidade. Volto aos vídeos para vê-lo em ação. Em registros de pouco menos de um minuto — como os da Cinelândia, me ocorre —, assisto a dezenas de bem-sucedidos mergulhos rasantes que resultam na captura de peixes, girinos, pequenos crustáceos ou até insetos. Depois de saciado, dissimula-se entre ramagens e arbustos ou retorna ao ninho clandestino à beira-rio. A combinação de todas essas informações resulta numa caricatura: Martim e seu perfil à *la* Zapater, ao mesmo tempo dublê de artista e guerrilheiro, organizando incursões de assalto, fazendo vítimas e ocultando-se sem demora em meio à multidão ou às sombras da noite. Súbito, me pergunto: será que também mergulhou com Francisco do alto da Pedra Bonita? É difícil deter o pensamento, estancar a velocidade das referências que se cruzam, quando procuro associá-los. Quanto mais me esforço, menos sou capaz de crer no possível encontro que redundasse numa relação entre dois temperamentos tão díspares. Relutante, acesso seu perfil, meu filho. Sinto que algo em mim se desintegra (uma estrela, eu sei) ao ler, bem acima do seu nome, *em memória de*... passo em revista as páginas que você seguia e a ausência de identificação partidária me leva a crer que você sequer pensava o mundo em termos ideológicos. Como explicar, então, sua presença em meio à manifestação na qual perdeu a própria vida? Por fim e cada vez mais sou obrigado a me render ao fato de que muito pouco me é dado a conhecer, de que a verdade pode passar ao largo das mais delirantes conjecturas e que você talvez nem fosse tão diferente desse rapaz. Havia, sim, entre vocês um tipo de concordância de ideias, afinidade espiritual, afetividade que rechaça toda tentativa de racionalização. Ou, ao contrário de tudo que se possa imaginar, pode ser que fossem apenas dois estranhos que supunham ter encontrado um no outro o que lhes escapava. No mais íntimo de nós mesmos, agimos por impulso até quando ensaiamos os passos a seguir, guiados por um ato de sedução, uma paixão subjacente a todo tipo de planejamento. Antes de qualquer substrato verbal, as imagens cravam-se em nós e as palavras apenas servem para cunhar legendas, fazer vibrar em sentenças normatizadas aquilo que apreendemos como diagrama do mundo. Será possível, pois, interpretar as mediações que ocorrem entre pensamento e palavra, entre intenção e ato, entre o gatilho e o tiro? Reunimos tanto os atos falhos quanto as impertinências que nos impelem a recuar diante da personificação do próprio desejo. Vestimos a carapaça das convenções para dissimular o que se insurge contra a ordem vigente, sem jamais conseguir traduzir com propriedade o que nos navega por dentro, o que nos imprimem no cérebro nossas características mais indevassáveis. A rebeldia interna escapa na forma de um beijo, de uma agressão, de uma obra de arte, de uma arma de fogo, de uma manifestação. O coração é uma célula revolucionária. Cenário de época: 1ª Grande Guerra. Fardado e empunhando um rifle, avanço pelas estreitas galerias de uma trincheira, sob o verniz pardacento do céu, entre escombros, arame farpado, lama, cadáveres e chuva. Ao meu lado, outros companheiros de missão também se movimentam com cautela. Explosões e rajadas de metralhadoras nos chicoteiam os ouvidos. Chegamos à boca de um túnel, mais parecida com a entrada de uma mina abandonada, por onde nos enfiamos e seguimos, agora na escuridão de um labirinto escavado na rocha. Ao fim de uma longa caminhada, desembocamos numa espécie de celeiro onde, à luz de lamparinas, improvisa-se uma sala de aula. Nela, uma atriz famosa no papel de professora prepara-se para entregar as provas que acabou de corrigir. Um a um, vai chamando os alunos. Sentados, eu e meus camaradas aguardamos. *Francisco*, anuncia, sem desviar a atenção da folha que segura diante de si. Ninguém se apresenta. A professora repete o nome, desta vez mirando os homens por cima da armação antiquada dos óculos. Não há resposta. Alteia o tom de voz, numa estridência: *Francisco de Goya!* Ao meu lado, um soldado se levanta. É Martim. A professora o encara e lhe aplica uma reprimenda exemplar, reclamando da qualidade do seu exame, antes de atirar ao chão a prova e exclamar: *Rasgue seus olhos!* Levanto-me, ponho a mão em seu ombro, tento transmitir-lhe minha solidariedade. Martim se volta e se revela como um dos romeiros de San Isidro ou dos participantes do *Aquelarre*. Em seu rosto, no lugar dos olhos, apenas duas crateras vazias. Não há heróis. Goya, mais do que qualquer outro pintor, sabia disso. Parecia também ser o único a não acreditar nos azuis excelsos e nos sanguíneos abismais com que a guerra havia sido, até então, representada. Como palco de uma contenda divina, de nuvens iluminadas por raios resplandecentes desciam à Terra espíritos aparelhados para um combate épico, ao lado de seres humanos alçados à qualidade de semideuses. Generais contemplavam, ao longe, o horizonte de uma vitória inquestionável, coberta de glórias sublimes a serem gravadas para sempre em papel, tela, mármore ou na memória oral dos cânticos heroicos. Soldados convergiam suas forças em sentido semelhante às de seus líderes, compondo uma única e compacta flecha apontada para um alvo comum sobre o qual atravessava, aniquilando tudo. Cenografada, coreografada, a morte exercia o protagonismo a partir do cruzamento harmônico de linhas e volumes, preenchidos por cores que realçavam seu imperativo valor. E, embora derrotado, o inimigo caía com a mesma pujança com que recebia o golpe de misericórdia. Toda a composição era um só monólito erigido a virtudes em geral escassas ou inexistentes no campo de disputa real. Trancado por dentro de si mesmo, Goya silenciou de toda cena de guerra o que lhe afigurava artificioso, à maneira de uma trilha musical grandiloquente, como de praxe no cinema, um século e meio mais tarde. Imerso em suas próprias visões, pôde concentrar-se na essência da imagem da morte sem nenhuma inferência que não fosse a da extrema penúria com que um corpo se despe da vida, no instante mais crítico de sua passagem pelo mundo. Registros dos momentos de luta pela sobrevivência num contexto de exceção carecem de explicar o que não existe de grandeza em suas formas grotescas, seus traços brutais, em sua moral nula. Nos *Desastres*, a irracionalidade reina absoluta. Lâmina 36: um soldado francês recostado sobre uma laje de pedra mira (admira?) o cadáver oscilante de um enforcado, pendurado num tronco decepado, à sua frente. Muito mais consciente do que qualquer um de seus pares, Goya sabia que as obras de arte impõem antes questões do que respostas. Por esse motivo, resistiu ao didatismo inócuo de lhes conferir títulos explicativos para além do ato corajoso de representar a barbárie. No lugar de um nome para o que se vê, comentários, ironias, indagações, perplexidades: *No se puede saber por qué*; *No hay quien los socorra*; *No se puede mirar*; *Con razon ó sin ella*. O resultado é o mesmo: com ou sem razão, ante os meios que excedem qualquer fim, face ao desespero e ao sofrimento, a guerra é um conjunto de erros premeditados sem a menor justificativa ou ordenação lógica que legitime seus efeitos, entre eles o extermínio inexorável das ideologias. *Murió la Verdad. Si resucitará?* Estas são duas das últimas gravuras dos *Desastres*. Recupero-as, junto com outras também duplicadas e separadas da coleção original, nas pastas onde você armazenou quase toda a obra de Goya. Na primeira, embora ainda irradie sua luz, a Verdade jaz deitada no chão, a cabeça pendida, os seios nus e os braços cruzados por sobre o ventre, tendo em torno de si o que se assemelha a um microcosmo da sociedade: gente do povo, dois frades de enxada em punho que se apressam a sepultá-la, um cardeal que parece ministrar-lhe a extrema unção, uma outra mulher (a Justiça?) que esconde o rosto com a mão direita, em sinal de profundo desalento. Na segunda, a mesma figura ainda deitada exibe agora uma face serena, como se dormisse apenas. Os raios que emanam de si se intensificam a ponto de obrigar as nefastas figuras à sua volta — uma delas, um ser animalesco que suspende um livro por sobre a própria cabeça — a recuarem de volta às trevas. Pensando nas mensagens subliminares das estampas das camisetas, mandei fazer um par delas com a imagem do que me vai na alma nesse momento. Olho uma vez mais para o retrato pintado de Francisco: *Si resucitará?* Vemos tão pouco. Vemos cada vez menos. Tenho vasculhado com insistência as filmagens em que Martim é por mim reconhecido através da reprodução do *2 de mayo*, na esperança de que você também se revele. Minha impressão é a de que choveu naquele dia, apesar dos vídeos me mostrarem o contrário. Pode ter sido tão só o contato da sua camisa empapada de sangue em minhas mãos, mas o fato é que ainda sinto a pele úmida dessa chuva que nunca mais parou de cair. Imagino que Martim tenha estado próximo a você (ou vice-versa) na maior parte do tempo, naquele entardecer e início de noite antecedentes ao conflito. Penso mesmo que sequer houve chance, considerando o alcance limitado das lentes das câmeras, para aliená-los de um mesmo quadro, que, imobilizado, receberia uma moldura e a data de sua morte como título. Ainda assim, não estou bem certo se vocês participavam do confronto no mesmo grupo ou em campos opostos. Na operação de compreender tal dinâmica, já não me é possível perceber em que momento você ou Martim cruzaram as divisas entre trincheiras, menos ainda se essa infiltração foi ou não intencional. Acredito que ele estivesse ao seu lado no momento do disparo. Tenho o ímpeto de engendrar na mente uma conduta até mesmo nobre no modo como o vejo amparando você em meio ao tumulto causado pelo estampido, pelo fluxo e refluxo de gente tentando escapar e convergir para o epicentro da singularidade, que procura tragar para si, numa última tentativa desesperada, todo o fluido vital à volta. Deve ser assim, imagino, quando se está prestes a ser sugado para o vazio absoluto. A necessidade imperiosa de manter o equilíbrio homeostático faz com que o organismo se rebele contra aquela violência e tente regenerar-se, convocando todas as reservas para estancar a hemorragia. O cérebro então experimenta uma espécie de surto sináptico, alucinatório, e a vida passa a valer sua cotação numa moeda desprovida de câmbio, a cada segundo rumo a um dos possíveis desfechos. Um deles, a impermanência. Quanto mais penso que um registro dessa voragem possa ainda estar gravado nos arquivos do seu celular, mais afundo meu rosto nesse lodo viscoso de perspectivas alheias. Falta-me a sua. Submerso na plena impossibilidade de reaver seu corpo, quero ao menos a prótese que me devolvesse seus olhos, que contivesse razões suficientes para me fazer entender o que não cabe no quadro estático da sua impermanência. Face a face com ela, apontar-lhe contra o rosto uma câmera pode ter sido sua única manobra de defesa. Assim penso, assim o vejo: em meio à crescente tensão de ambos os lados e à ameaça de uso da força contra a massa, você e outros manifestantes da linha de frente empunhavam contra os mamelucos a cavalo suas armas camponesas, seus forcados e ancinhos na forma de aparelhos celulares ligados para registrar toda tentativa de agressão. Foi desse jeito que obtive o material com que editei um pequeno documentário daqueles momentos cruciais. Ainda que frágil, como de fato se provaria, a mesma estratégia utilizada como medida de segurança pode pelo menos ter-lhe permitido, no instante do colapso, captar a face daquele que o alvejou ou de quem quer que tenha se precipitado a retirar-lhe das mãos ainda quentes a prova do flagrante. Baixo a cabeça. A chuva recrudesceu a cantilena no batente da janela. Todo o romantismo de que me valho para descrever o que não presenciei — oposto à contrição descarnada de Goya em seus *Desastres* — é fruto das alucinações de que também sofro ao tentar costurar os pedaços desses filmes que, quer em celuloide ou em chapas de cobre, esculpem hipóteses em minha tela mental. Há uma lacuna narrativa no que diz respeito ao desaparecimento do celular. Há, da mesma forma, total indefinição sobre de onde partiu o projétil que matou Francisco. Embora o calibre seja coincidente com o das armas utilizadas pela força policial, os exames de balística provaram-se inconclusivos. Tampouco é confiável extrair dos depoimentos daqueles mais próximos à cena informações quanto ao fato de você ter ou não em mãos um telefone. Houve mesmo quem declarasse sequer se lembrar de um outro manifestante trajado à semelhança de Martim, condenando-o, meu filho, a um desvanecimento, um *fade out* cinematográfico, um hiato no espaço-tempo. Sim, eu vejo. É para você que tudo converge, em torno de quem orbitamos: eu, sua mãe, Martim, Goya, Zapater, Isa, Netinho, *El 2* e *El 3 de mayo*, a Cinelândia, a *Puerta del Sol*, a *Calle del Desengaño*, a Pedra Bonita, *Saturno* e seu filho. Inscritos no domínio do lendário, num mito originário ou apocalíptico, aguardamos de joelhos ou grudados à tela de um *notebook* que você entre em contato conosco, que nos instaure por procedimentos mágicos ou racionais o beneplácito da iluminação. *Desastres*, lâmina 69: destacado sobre um fundo de onde surgem misturados ao breu espectros, rostos contorcidos, fisionomias bestiais, um morto apoia o braço esquelético sobre uma placa onde escreveu a palavra *nada*. É o que você nos diria, penso, caso lhe fosse permitido testemunhar. Assim como o faria tempos depois com as Pinturas Negras, Goya guardou silêncio a respeito dos *Desastres*. Tirou apenas duas provas completas, umas das quais foi presenteada a um amigo. Um trabalho monumental para nada. Não poderia sequer vendê-lo. Quem em perfeito juízo levaria para casa aquela galeria de monstruosidades que perfilava um a um todos os horrores derivados da maior das loucuras humanas? Cenas de estupro, raptos infantis, violações de cadáveres, fome e miséria, nada escapava ao prisma preciso e devastador do velho artista. Havia produzido um manifesto tão contundente que seus contemporâneos jamais seriam capazes de lhe compreender o significado. Naqueles traços raspados no cobre, como lacerações das pontas das baionetas nos corpos das vítimas, rabiscara perguntas para as quais até hoje se aguardam respostas: Qual é o sentido de tudo isto? Para que nos matamos? Contra quem nos defendemos? Há algum credo que justifique tanto sacrifício? Surdo, Goya renunciava agora à própria voz ao decidir manter incógnito um testemunho em forma de 85 chapas gravadas ao longo de cerca de uma década. De mais a mais, aos 70 anos, de que lhe valeria insistir no contrafluxo da maré e partilhar do mesmo destino de amigos exilados, perseguidos, silenciados? Havia se sujeitado a dois senhores durante tanto tempo e tal servidão por fim cobrara sua fatura: os *Desastres* só seriam impressos pela primeira vez 35 anos após sua morte e quase dez da de seu filho Javier. Lâmina 44: retirantes fogem às pressas de uma aldeia prestes a ser tomada ou já arruinada pelos invasores. Carregam nas costas o que puderam salvar de suas casas. Em primeiro plano, uma mãe com um bebê no colo volta-se para ajudar outro filho a segui-la. Ambos olham com pavor, para fora das linhas do enquadramento, o que acabam de deixar para trás. Só eles sabem o que veem. E talvez o próprio Goya, pois que assinalou ao pé da gravura: *Yo lo vi*. Penso no dilema hamletiano camuflado pela legenda, em que o próprio pintor estava imerso: ver ou não ver. Se toda a série estava condenada a permanecer nas sombras poeirentas de sua oficina, a quem se aplicaria aquele categórico *eu vi*? Goya, em mais um de seus subentendidos, elege um outro como destinatário para aquelas alegorias. Um outro situado fora de seu espaço, além de sua própria época. Nós, que somos tomados pelo terror iminente, expresso nos rostos daqueles que o veem de perto, sem que seja necessário partilhar da mesma cena. Só assim pôde continuar a pintar e a gravar tudo o que via dentro ou fora de si mesmo e seguir adiante, agora não mais servil, não mais agrilhoado por contratos sociais, pensões, patronatos. Desde que Goya legou às gerações posteriores a responsabilidade de ver e avaliar as atrocidades dos homens, as imagens de um modo geral perderam sua capacidade de chocar. As palavras ocuparam o espaço antes reservado ao pictórico, invadiram o universo das imagens com o propósito de ensinar a senti-las, catalogando-as, classificando-as, estreitando a margem para a imaginação, para a dúvida ou o sentido duplo, para as sutilezas e os meios-tons, para o alucinatório e o indizível. Penso nos sentidos da palavra *autópsia*: olhar para si próprio ou ver por si mesmo. Há, no entanto, uma diferença capital entre as duas acepções. Olhar para mim mesmo não significa que eu possa olhar por mim mesmo. Há tantos juízos sobre nós que importamos de opiniões alheias. Do mesmo modo, interpretamos o mundo exterior de acordo com critérios que compomos numa tipografia particular, sem que correspondam a qualquer complexo lógico que não o de nossos pobres sistemas de crenças. Ao olhar-me, procuro por você, nesse procedimento especular amputado de seu próprio reflexo, pois que, de volta, não obtenho a mínima ressonância, sequer um olhar recíproco. Ao tentar ver por conta própria, perco o prumo, desnorteio-me entre tantos caminhos possíveis que, trilhados e refeitos incontáveis vezes, jamais me levam ao marco zero de mim. Sinto como se cedesse meus olhos por empréstimo a tantos quantos me prometem rastros seus, uma foto, cinco segundos que sejam de um vídeo, outros vislumbres diferentes dos que jazem catalogados nos arquivos policiais. E, no entanto, é sempre para um dos cadáveres de Goya que olho, atravessado por uma bala de baioneta, caído no chão da Cinelândia, como o corpo rasgado de um mameluco que despenca de seu cavalo, em plena *Puerta del Sol.* Colocá-lo no lugar do inimigo me custa compreender que, em você, haja mais do que aquilo que acredito fazer parte de mim, ainda que minha ideia sobre mim mesmo seja indistinta, contraditória até. Pintar no quadro da mente sua figura agachada, cavoucando o calçamento com uma chave de fenda para de lá extrair uma das pedras portuguesas com que vai alvejar os integrantes da tropa de choque, arremessa-me de encontro ao dia em que tive coragem de voar sob suas asas, do alto da Pedra Bonita. Para me redimir, talvez, desse pequeno pecado, decidi retornar ao estúdio de tatuagem e pedir que me entalhassem no peito o registro daquele momento. Duas sessões apenas bastaram para definir a imagem e começar o trabalho. Não tive coragem de revelar à sua mãe essa nova rebeldia e, por conta disso, sem que ela própria tenha sequer desconfiado ou mesmo manifestado vontade de me questionar a respeito, nas últimas semanas evitei me despir à sua frente. Sou quase capaz de apostar que, depois do monstruoso Saturno, ela pouco ou nada se importasse, contanto que não viesse a quebrar o sagrado silêncio que se interpôs entre nós. Mesmo agora, olhando em retrospectiva, noto que nunca foi muito diferente de quando você ainda vivia. Afinal de contas, nos enclausurávamos em nossos espaços, cada qual cuidando de seus assuntos: você estudando, eu preparando aulas e sua mãe, quando não o mesmo, ocupando-se das tarefas da casa. Era, então, um silêncio que não pesava, não repetia em nossos ouvidos o eco da sua falta, do abismo em que nos vertemos. Dar com ele agora é como esbarrar com um *iceberg* que a cada cômodo nos causa um inevitável naufrágio, assim como esse intempestivo desejo de rever Netinho, que neste exato segundo me golpeia e me dilacera com seus dentes finos. Penso nesse encontro, no provável diálogo de silêncios e espantos entre nós. Haveria o que esperar um do outro? Talvez ele, dessemelhante a si mesmo, pudesse me estender a mão do lado de lá do espelho da lucidez e me oferecer uma poção, uma palavra mágica, uma profecia cifrada em linguagem poética, subliminar, elaborada para criar metáforas, subentendidos, que, entoada da maneira correta (como minha avó fazia, penso), produzisse um tal efeito de comunhão com universos possíveis e me sintonizasse uma vez mais com você. Comigo, ao menos. Com o ponto nevrálgico do vácuo que nos tornamos, no momento em que, dentro de nós, uma estrela se contraiu a ponto de sucumbir à própria inconsistência. Recorro à memória do corpo para reavivar o desordenamento químico desencadeado quando me deram notícia de sua insubsistência. Já não experimento senão um mero plágio de outras sensações remoídas pelo cansaço, trocadas pelas palavras, assim como as imagens dos *Desastres* de Goya. Desejo me valer dessas emoções anestesiadas para autopsiar-me de sorte a encontrar dentro de mim meu inimigo, o cerne da falta que me rege: a obrigação de cativar o próximo para que, em retribuição, ele se devote a mim e me livre da irremediável perda. De amar para fugir ao mal. E, assim, recorrendo outra vez à pilhagem de versos alheios, penso em Martim e no que ele possa ter subtraído a você *in extremis*, instante sobre o qual não é em nada absurdo supor que um outro comportamento se lhe tenha sobreposto àquele que impele aos sacrifícios voluntários. A violenta descarga de adrenalina, a resposta automática dos músculos, todos os sentidos desatinados em meio ao turbilhão de vozes, explosões, ecos das patas dos cavalos, fardas enfumaçadas, o laço que o gás inalado aperta à volta do pescoço, os olhos que chovem sem vontade, o cheiro agridoce da pólvora (ou do sangue?). E, de repente, conversas, mensagens, planos, acordos, tudo o que compromete um ser humano em função de outro jaz ao alcance de quem quer que se incline contra o corpo estirado no chão e lhe arrebate das mãos, como a um maço de cartas íntimas. Quem teria o direito de fazê-lo senão aquele a quem se destinavam? *E saiba [tu], o sovina, que somente por estar [contigo] me sacrificaria a ir-me a Saragoça (...) pois estou enamorado deste zangão mais do que ele merece (...). Teu, Francisco de Zapater.* Vemos tão pouco. Vemos cada vez menos. A racionalidade me esmaga, já não me serve para nada. Apresenta disparates, silogismos cotidianos que me permitem corroborar teses incongruentes, conclusões absurdas advindas de preceitos a princípio lógicos. No infalível retorno do recalcado, há um obscurantista que se revela e impõe suas premissas oblíquas, turvando tudo o que já havia sido estabelecido, provado. Rodeada de crenças e superstições que resistem aos fatos, de fatos que desmoronam perante afirmativas categóricas, de cunho especulativo, a vida se converte numa bolsa de apostas. Este estranho mundo filtrado por uma rede diáfana de vozes anônimas (anômalas?) possui existência autônoma que subverte todo conceito de verdade: vale aquilo que é expresso em opiniões particulares, sem compromisso com métodos científicos ou princípios éticos. *Caprichos*, lâmina 43: *El sueño de la razón produce monstruos.* Quando a razão dorme, monstros são liberados de seu cárcere e passeiam desimpedidos pela superfície terrestre, dando livre curso aos seus instintos aberrantes, tomando posse da realidade e de seus pobres habitantes, que, indefesos, nada podem senão submeter-se ao seu jogo perverso, ao jugo tirânico, às mais perturbadoras fantasias. No entanto, quando vítima do devaneio, penetra o universo obscuro do inconsciente e lá se depara com as mais incríveis visões, forjadas no íntimo caótico e fervilhante. Quando é a razão que sonha, entra em contato com os monstros que habitam em si própria, em suas tautologias e antinomias, nos enunciados que tenta articular para dominar a realidade, mas que tropeçam nas próprias argumentações e não encontram entre suas correspondências qualquer legitimidade. O sonho da razão é terrível porque equivale a reconhecer que o horror não nos é externo; antes disso, emerge de dentro de nós e toma de assalto o mundo exterior, sem vínculo algum com bruxas, duendes, fantasmas. É neste sonho da razão que afloram todas as suas deformidades e, quem sabe, sua mais imperscrutável verdade. Somos levados a nos confrontar com aquilo o que mais tememos: a desrazão, o desatino. A possibilidade de amar através do ódio ou de odiar por meio do amor. O eterno consórcio dos contrários que coexistem racionalmente separados, porém amalgamados. *Caprichos*, lâmina 71: *Si amanece; nos vamos.* Protegidas pelas trevas, feiticeiras confabulam entre si. Uma delas aponta para um céu ainda estrelado e chama atenção para a chegada da aurora. É tempo de regressar aos esconderijos, aos desvãos recônditos da natureza. Lá fora, a chuva deu uma trégua. Vejo a claridade se infiltrar por entre as palhetas da persiana e reconheço uma vez mais o quarto com seus objetos destituídos das propriedades mágicas que o imaginário noturno lhes confere. Amanhece sobre o seu sorriso na rampa da Pedra Bonita e, com isso, você me ressurge quase banal, quase cotidiano, quase vivo. Fecho as abas das páginas que abri e, na tela do *notebook*, *El 3 de mayo* volta a me espetar suas baionetas antes que eu acione o ícone *desligar*. Planejo sair de casa antes que sua mãe desperte, se é que se deixou vencer pelo sono. E porque não quero tirar esta dúvida, procuro nas gavetas do seu guarda-roupas algo que me caiba. Uma bermuda cargo vem a calhar, com aqueles bolsos folgados nas pernas, onde se é possível carregar quase tudo. Troco a camiseta por uma das que mandei fazer. A outra permanece na sacola plástica e vai comigo. Sinto falta de algo. Olho à volta até distinguir, na mesinha de cabeceira, outro sorriso: o da *Maja vestida*. Apanho o catálogo, realinho um por um os itens de *camping* na superfície do móvel. Recolho, por fim, o que me interessa e me certifico de que tudo esteja em seu lugar. Antes de sair ao corredor, prendo a respiração e tento me antecipar aos ruídos de nossa cotidiana permanência. Como *El hechizado*, atravesso toda a extensão da casa levando nas mãos um recipiente com o óleo com que alimento, todas as manhãs, a lâmpada dos meus demônios. À porta, ao girar com todo cuidado a chave na fechadura, posso jurar que eles me vigiam por trás dos ombros e se riem, satisfeitos. Para não ter que chamar o elevador e provocar o barulho irritante das engrenagens, polias e roldanas que o sustentam e o põem em movimento, desço os incontáveis andares do prédio pelas escadas. Na portaria, o funcionário do turno da noite rendeu-se ao cansaço e sequer nota minha passagem. Abro o portão e ganho a rua onde a vida ainda é pouca e sonolenta, e onde, no céu, nuvens cinzentas pesam sobre as montanhas da cidade. Vou chover outra vez. E para sempre. Na padaria, o café tomado ao pé do balcão desce amargo como álcool. É possível que tenha me esquecido do açúcar, mas isso tem pouca ou nenhuma importância. Hoje o tatuador vai finalizar seu trabalho. E como falta muito para o compromisso marcado, arrasto meus subentendidos a esmo pelas ruas, confrangido pelo verde que, lá de cima, você admirava e batizava como vida. Quando chegar a hora, ele vai me receber com um sorriso e me dizer pela segunda vez que se emociona com a homenagem que presto a você, a quem por certo teria gostado muito de conhecer. Vou sorrir de volta, tomar meu lugar na cadeira e aguardar as estocadas de mil baionetas que vão zunir sobre minha pele suas rajadas de tinta. Não sentirei dor, prometo. Quando tudo terminar, sairemos à rua protegidos da chuva por uma camada de plástico-filme, eu e você, em carne viva, no nosso voo de asa-delta em direção a um sol que brilhará sempiterno no meu peito. Na tela do aparelho celular, as mensagens trocadas com Martim e a confirmação de nosso encontro. Nas ruas, um elemento incomum incorporado à paisagem da guerrilha diária: homens uniformizados, marchando em linha, escoltados por tanques que, em cada esquina, guardam posições estratégicas. Em sentido contrário, vou prosseguir a caminho do local combinado quase a esbarrar na gente que passa, rostos macilentos como os dos romeiros de San Isidro, os mesmos olhares vidrados. Das entranhas de um dos tanques, que os homens conhecem melhor que a si mesmos, mais do que aos próprios filhos, sairão soldados. Num calculado voo rasante, Martim-pescador vai surgir de uma dessas esquinas, pousar ao pé de uma árvore e puxar do bolso de trás da calça *jeans* a caderneta na qual começará a riscar, enquanto assiste aos deslocamentos das tropas. Antes de me dar a perceber, vou observar o modo como ele se inclina sobre o pequeno bloco de papel (como talvez o tenha feito com você) para abrigá-lo da chuva. Ao nos avistarmos, vou caminhar sem pressa em sua direção e reparar na saudação um tanto forçada, o embaraço de quem se dá conta de estar frente a frente com um Francisco envelhecido, prestes a subir os degraus de um cadafalso. Quando por fim nos cumprimentarmos, vou lhe estender o catálogo e ver com que dificuldade ele o aceitará de volta. Sem lhe dar oportunidade para dizer o que quer que seja, oferecerei a réplica idêntica da camiseta com que me visto, estampada com a gravura de Goya: *Murió la Verdad*. Por um momento, ele vai hesitar e, com estranheza, examiná-la ainda dentro da embalagem transparente. Depois (e, desta vez, sem vacilar), acatará minha sugestão de substituí-la pela que está usando. Ao despir-se, a gola da roupa molhada vai levantar-lhe os cabelos caídos nos ombros e me deixar entrever, instalado por sobre a curva superior da orelha direita, um aparelho auditivo, que logo voltará a se ocultar assim que ele vestir a camiseta seca. Sem que tenha podido ensaiar este *pasodoble*, curvo-me por sobre o bolso da bermuda para de lá sacar sua faca de *camping*, meu filho, empunhando-a como uma bandarilha. Desembainhada a lâmina, vou me apressar a enterrá-la no peito de Martim, que, sem compreender bem o que lhe sucede, imagino, não demorará a se deparar com sua própria singularidade. Enquanto ainda pudermos nos ver nos olhos um do outro, penso, será possível dizer-lhe: *eu te conheço*? Chovemos. Uma gota de sangue vai surgir por entre os seios da Verdade.

Este livro foi composto em Minion Pro
e impresso em papel bold 90g g/m²,
em Julho de 2025.

Impressão e Acabamento | Gráfica Viena
Todo papel desta obra possui certificação FSC® do fabricante.
Produzido conforme melhores práticas de gestão ambiental (ISO 14001)
www.graficaviena.com.br